ベリーズ文庫

S系敏腕弁護士は、偽装妻と熱情を交わし合う

紅カオル

JN172935

STARTS
スターツ出版株式会社

目次

S系敏腕弁護士は、偽装妻と熱情を交わし合う

特別書き下ろし番外編

S系敏腕弁護士は、偽装妻と熱情を交わし合う

幼馴染みの呪縛

世の中には、神様から一物どころか二物も三物も与えられた人間が存在する。

肩書きや収入はもちろん容姿も文句のつけどころがない、そんな人間が。

一月中旬の午後、イチゴタルトが人気の高級パティスリー『ミレーヌ』のカフェスペースに差し込む光の弱さは、春がまだ遠いことを知らせている。

若槻菜乃花《わかつきなのか》は、向かいの席に座って優雅にコーヒーを飲む男を恨《うら》めしいとも羨《うらや》ましいともつかない思いで眺めながらタルトを口に運んでいた。

二十四年間生きてきたが、彼以上に神様に愛されている人間はいないと断言できる。

綺麗《きれい》に整えられた眉に、知らないことなどなさそうな理知的な双眸《そうぼう》。細く通った鼻梁や少し薄い唇は一見すると冷たそうだが、やわらかな笑顔を向けられれば誰もがみな胸を撃ち抜かれてしまう。

いわゆる塩顔と呼ばれる涼しげな顔立ちは、窓の外を歩く人の目まで奪うほどに魅力的だ。

京極朋久《きょうごくともひさ》、三十二歳。菜乃花とは八歳違いの幼馴染《おさななじ》みである。

ついでに、物心がついたときから菜乃花が密かに想いを寄せている相手——つまり長い間恋焦《こ》がれている初恋の人でもある。

「それ、おいしいか？」

半分まで食べたところで彼に尋ねられ、手を止める。

「朋くんも少し食べる？」

「いや、いい」

タルトののった皿を前に滑らせるが、彼は軽く頭を振って答えた。

甘いものが苦手な朋久の答えはいつも同じ。でも、じっと観察されたら聞かずにはいられない。

「ここのイチゴタルト、すっごく人気だしおいしいんだよ？　せっかく来たんだから食べたらいいのに」

SNSや雑誌でもおなじみ、いつでも賑《にぎ》わっている超人気店のイチゴタルトは何度食べても飽きない。

皿を自分のほうに引き寄せ、大きく割ったひと切れをこれ見よがしに口に運ぶ。

「それならおじさんとおばさんの墓前に供えてやればよかったな」

「あ、ほんとだね」

彼のひと言に、はたと気づく。とはいえ、墓地でスイーツを食べるのは少し場違いな感じもするが。

菜乃花の亡くなった母親の命日が間近に迫ったため、今日は休みを利用してお墓参りに行ってきた。

高校一年生のときに母親が、高校二年生のときに父親が立て続けに病気で他界した。兄弟のいない菜乃花はわずか十七歳でひとりぼっちになり、それから七年が経とうとしている。

朋久へここに付き合ってもらったのは、その帰りだった。

「菜乃、ここ、ついてるぞ」

伸びてきた朋久の長い指先が菜乃花の唇の端をかすめていく。彼はクリームがついた自分の指をチュッと舐《な》めた。

「ったく、菜乃はいつまで経っても子どもだな」

菜乃花の顔がわずかに赤く染まる。

亡くなった両親も友達も〝菜乃花〟か〝なっちゃん〟と呼ぶが、朋久だけは昔から〝菜乃〟と縮めて呼ぶ。だからその呼ばれ方は菜乃花にとって特別であり、ほかの誰にもそうは呼ばれたくない。

「……すみませんね、いつまでも子どもっぽくて。朋くんこそ、甘いものは嫌いなのに舐めちゃって平気なの？」

顔についたクリームを舐められたくらいで動揺したことを悟られたくない。強気に言い返したが、ちょっとかわいげがなかったかなとすぐに後悔する。今さらだ。

「いや、平気じゃなかった。相当甘いな」

朋久が不快感をあらわにする。

あれはたしか小学生の頃。菜乃花は小分けになった数十円の小さなチョコレートが大好きで、それを知る朋久が買ってきてくれることがよくあった。いろんなフレーバーがあるそれをうれしそうに食べる菜乃花を見て、ひとつ口に入れた朋久は『甘すぎ』と顔をしかめたものだ。

「そんなの毎日食べてたら太るぞ」

「朋くん、女の子には〝少し太ってるくらいがちょうどいい〟って言うのが優しさだよ？」

菜乃花自身、最近ウエスト回りが気になっているため、耳がとても痛い。

「肥満にブレーキがかからなくなって病気になっても優しさなのか？」

「それは極論でしょう？」

たしかにそうなると優しさではないが、菜乃花も素直に認められない。

「そもそも女性は太りたくないと言いながらケーキバイキングに喜び勇んで行くんだから、言葉と行動が伴ってないいんだよな」

「スイーツは正義なの」

「甘い蜜《みつ》で引き寄せて太らせるんだから、どちらかといったら悪者じゃないのか？いや、その誘惑に簡単になびくほうが悪いな」

「もうっ、朋くんの意地悪」

菜乃花が唇を尖《とが》らせて反発すると、朋久は楽しげに笑った。

弁護士の朋久には、昔から口で敵わない。

神様にたくさんのプレゼントをされてこの世に生を受けた朋久は、たまに痛烈なひと言を菜乃花に浴びせる。Ｓっ気があるというのか、意地悪な一面があるのだ。

それなのに菜乃花は幼い頃から彼に心を奪われ、たまに見せられる優しい一面から目を逸らせない。ギャップは人の心を捕らえるのに一番の有効策だとつくづく思う。

むぅと唇を引き結びながらホットカフェラテを飲んでいると、ふと近くのテーブルから若い女性ふたりの話し声が聞こえてきた。

なんとはなしに耳を傾けたら、そのうちのひとりの勤め先が倒産した話になった。

数カ月間、給料も支払ってもらえず途方に暮れているという。

（いきなり職を失うなんて可哀相……）

つい聞き耳を立てて同情していると、なんと朋久が彼女たちに突然話しかけた。

「給料は支払ってもらえるはずですよ」

女性ふたりの会話がぴたりと止《や》む。驚いた様子で朋久に目を向けたふたりは、しばし言葉をなくした。おそらく朋久の容姿端麗ぶりに声も出せなくなったのだろう。その証拠にどちらも微《かす》かに顔が赤い。

「倒産、破産、民事再生、どれであっても従業員に対する給料はほかの債権者より優先的に支払われるよう法律で定められています」

「えっ、そうなんですか？」

ようやく正気を取り戻した女性が、朋久に体を向ける。

「財団債権に分類されるものと優先的破産債権に分類されるものとで多少の違いはありますが」

朋久の説明を食い入るように聞き入っている。

「会社に支払い能力がない場合はどうなるんですか？」

「社内にほとんど資産が残っていないケースは多々ありますね。ただ、その場合は国が運営する未払賃金立替制度を利用すれば、給料の一部の支払いを受けられます」

「その制度はどうやったら使えるんですか？」

「運営しているのは労働者健康安全機構ですので……」

朋久は、次から次へ質問を重ねる彼女に丁寧に答えていく。先ほどまで菜乃花をからかって楽しんでいたのとは大違い。きりっと引きしまった真摯《しんし》な表情に胸が高鳴る。

最後には「なにか困ったことがあれば、こちらにご連絡ください」と自らの名刺を差し出した。

「弁護士さんだったんですか。だから詳しかったんですね」

休日のためスーツではなく、輝く金バッジはつけていない。しかしワインレッドのタートルネックニットに黒いスリムパンツを合わせ、ネイビーのテーラードジャケットを羽織った休日の綺麗めなスタイルも、スーツ同様にとても素敵だ。

「ご連絡いただければ、労務専門のスペシャリストをご紹介しますよ」

女性ふたりは感心したように名刺を見ては何度も「ありがとうございます」と言って、ケーキ皿を空にして店を出ていった。

「〝弁護は所詮他人事《ひとごと》だ〟ってよく言ってるのに、朋くんって優しいよね」

カフェにたまたま居合わせた見ず知らずの人に助け船を出してあげるのだから。

昔からそうだった。〝俺は関係ない〟といった顔で素知らぬふりを決め込んでいるように見せて、困っている人を放っておけない。まさに弁護士にぴったりと言えるだろう。

あれはたしか菜乃花が中学生のときだった。菜乃花の父親の誕生日プレゼントを選ぶために付き合ってもらった街で、しつこいキャッチセールスに捕まっている年配の女性を助けたことがある。

キャッチセールス自体は違法ではないが、前に立ち塞《ふさ》がったりつきまとったりするのは禁止行為にあたるらしく、セールスの男性を堂々とした態度で軽々と撃退してしまった。

当時は弁護士になってまだ二年そこそこだったが、朋久の頼もしい姿に菜乃花は胸をときめかせた。

「持っている知識を人にひけらかしたいだけ。俺は物知りなんだぞって」

「またそんなこと言って」

少しでも褒められると、その反対を言うところはあまのじゃくでもある。そこをかわいいと感じるのは、惚《ほ》れた弱みだ。

「まぁそれは冗談としても、今のは営業。頼ってくれる人がいなきゃ事務所は成り立たない」

「営業だって必要ないでしょ」

クスクス笑って言い返す。なにしろ朋久が所属する『京極《きょうごく》総合法律事務所』は、日本四大法律事務所に名を連ねる弁護士法人のひとつだから。

彼の父親が代表弁護士兼CEOを務めており、朋久はその後継者。三十数年間で合併を重ね、今では所属弁護士が五百人を超す巨大な組織だ。国内のみならず海外にも拠点を持ち、ネットワークの広さでも有名である。

主に企業を顧客として総合的なリーガルサービスを幅広く提供し、京極総合法律事務所で対処できない問題はないとまで言われている。

菜乃花の亡くなった母親も結婚前、規模が小さい当時にそこで事務員として働いていた。父と出会ったのは、朋久の父親の紹介だったのだとか。

日本最高峰と謳《うた》われるT大の法学部在籍中に司法試験に合格した朋久は、事務所内でもエリートとして名高く辣腕《らつわん》を振るっている。

菜乃花もそこで事務員として、所属弁護士たちのサポートにあたる日々である。

「あ、そろそろ時間だよね」

ふと目に入った腕時計が午後五時を指していた。

「あぁ、間もなく来る頃か」

朋久が時計を確認する仕草をしたちょうどそのとき。

「お待たせ」

落ち着いた低いトーンの声が聞こえ、背の高い人影がテーブルに差した。

神楽雅史《かぐらまさふみ》、朋久の大学時代からの友人で、国内トップクラスの総合病院で働く医師である。

くっきりとした二重瞼《まぶた》の端整な顔立ちは朋久と甲乙《こうおつ》をつけがたく、あのふたりはモデルか俳優かと、周りから囁《ささや》き声が聞こえてきた。ふたりが揃《そろ》うとたいていそうなる。

「こんにちは」

「菜乃花ちゃん、お久しぶり」

笑みを向けた菜乃花に、雅史は笑顔で答えながら隣の椅子に座った。

「いつも朋くんがお世話になってます」

「俺は菜乃の子どもか」

形式的な挨拶をすかさず朋久に突っ込まれるが、雅史が菜乃花に代わって返す。

「こいつ、手がかかるからね。子どもより大変かもしれない」

「そうなんです。昨夜も——」

「おい、雅史。菜乃も余計な話はしなくていい」

昨夜、ソファで眠ってしまった朋久をベッドに移動させるのにひと苦労だったと話そうとしたら、朋久に遮られてしまった。軽く頬を膨らませたが、涼やかな眼差しをまっすぐに向けられ、なにも言えなくなる。

菜乃花は朋久の目にとても弱い。澄《す》んだ瞳なのに大人の色気を感じさせるのがいい塩梅《あんばい》で、少し鋭いのもドキドキしてかなわない。

M体質なのでは?と、この頃は自分を疑いはじめている。朋久に意地悪を言われても嫌いになれず、それどころか、からかわれてうれしいと感じるのだから。

「菜乃花ちゃん、あとでこっそり俺に教えて」

「はい」

耳打ちをする仕草をした雅史にクスッと笑って頷《うなず》く。ところが……。

「勝手にふたりで連絡を取り合うのは却下」

弁護士先生にあえなく退けられた。

「ヤキモチを焼くなって」

雅史の言葉に菜乃花のほうがドキッとする。

そうだったらうれしいが、たぶん、いや絶対に朋久はそうではない。

「ヤキモチじゃない。俺は菜乃の保護者も同然。危険と判断した男を近づけるわけにはいかないだけだ」

常日頃から菜乃花は朋久にひとりの女性として扱ってもらえない。八歳も離れていれば当然かもしれないが、わかっていても落ち込む。

「保護者？　それはどうかな。そもそも俺が危険って、こんなに健全な男はほかにいないぞ？　なぁ菜乃花ちゃん」

「そうですね」

笑って返しつつ朋久を見ると、雅史の言葉なんてまるで耳に届いていない素振りでコーヒーに口をつけた。

「それじゃ朋くん、私はそろそろ帰るね。お墓参り、付き合ってくれてありがとう」

食べ終えた皿とカップを端のほうに寄せ、バッグを持って立ち上がる。朋久は雅史と約束をしていたため、菜乃花はひと足先に退散だ。

「送ってやれなくて悪いな。ひとりで平気か？」

「大丈夫」

子ども扱いはそろそろやめてほしい。菜乃花はもう二十四歳、立派な大人だ。

「なにか買って帰ろうか」

そういう優しさが菜乃花の心をいつまでも掴《つか》んで離さない。

しかし、うれしさを隠して悪態をつく。

「ついさっき『太るぞ』って言ったのに?」

「スイーツとは言ってない」

「なにもいらないよ、ありがと。雅史さん、お先に失礼します」

頭を下げる菜乃花に、雅史が軽く手をあげる。

「菜乃花ちゃん、またね」

朋久に「ごちそうさまでした」とひと言添え、ミレーヌを出た。

母親を追うようにして父親が病気で亡くなり、両親がいなくなった一軒家にひとりで暮らしていくしかないと覚悟を決めた矢先、朋久から『俺のマンションに来い』と予期せぬ提案をされ、菜乃花は彼と同居をしている。

父親同士が高校時代の友達で、幼い頃から朋久は家族のように身近で頼れる存在。当面の学費は保険金でなんとかなるものの、いきなりひとりになり不安しかない菜乃花にはありがたい話だった。

それも長年片想いをしている相手。もしかしたら朋久との距離が縮まるかも……と淡い期待を抱いたが、ふたりの関係は七年経った今も幼馴染みのまま。朋久の菜乃花に対する扱いは、妹のそれと変わらない。

たぶんふたりは、この先の未来もこのまま。彼が一度抱いた〝妹〟への感情は愛情に変わりはしないだろう。そう考えるとき、菜乃花はいつも思う。

（朋くんとは幼馴染みとして会いたくなかったな）

八歳離れているとはいえ大人になってから出会えば、最初から女性として見てもらえたかもしれない。彼の中で少女のままの印象しかないのが諸悪の根源だ。

昔からの知り合いという、ほかの女性たちからしたら羨ましいアドバンテージは、菜乃花にはかえって恨めしいものだった。

すっかり日が落ちた街に冷たい北風が渦を巻いていく。

菜乃花はマフラーを口元まで引き上げ、体を縮めて駅までの道のりを急いだ。

＊＊＊＊＊

カフェで菜乃花と別れた朋久は、ミレーヌからほど近い外資系高級ホテルにあるラウンジへ雅史とふたりでやってきた。彼とは月に一度はこうして会い、互いの近況を報告し合っている。

土曜日の夜のせいかカップルが多くを占めるラウンジからは、灯《とも》りはじめた街の光が一望でき爽快だ。今度、菜乃花も連れてきてやるかとぼんやり考えながらカウンターに並んで腰を落ち着けた。

それほど待たずに出されたギムレットハイボールのグラスを傾け、ひとまず乾杯。爽やかなフレーバーが口に広がる。

「菜乃花ちゃん、急に大人っぽくなったな」

「そうか？」

雅史が菜乃花に会うのは数カ月ぶりだが、同居している朋久は特に変化を感じられない。さすがに背は高くならないから髪が伸びたとか、そのくらいだろうか。

「一緒に暮らしててなにも感じないのか」

「なにもとは？」

質問の意図がわからず聞き返す。

「女性としてって意味」

「八歳も年下だぞ」

おいおい勘弁してくれと、ため息交じりに返した。

「八歳なんて年齢差のうちに入らないだろ。同居をはじめたばかりの頃ならともかく、二十四歳は十分大人だ」

法学部と医学部で学部こそ違うが、大学で同じサークルに入っていた朋久と雅史の付き合いは長い。マンションに住まわせるようになったときから菜乃花を知っている雅史は、たまに会うからこそ、その変化がよくわかるのだろう。

「前に会ったときより綺麗になったし。まぁ菜乃花ちゃんは地が美人だけど。あの様子だと周りが放っておかないんじゃないか？」

「いや、どうだろう」

「どうだろうって。七年近くも一緒に暮らしてきたのに、どこを見てきたんだか」

雅史は呆《あき》れ返りながら髪をかき上げた。

父親同士が古くからの友達で、自宅も近所だったため、菜乃花が生まれたときから彼女を知っている。八歳だった朋久は、綺麗な顔立ちをした赤ちゃんだなと子どもながらに感じたものだ。

そしてその印象は、彼女が幼稚園、小学校、中学校と進んでも変わらず、菜乃花は近所でも評判の美少女だった。

ぱっちりとした大きな二重瞼に小さな小鼻。上品な唇にふっくらとした頬は今も変わらない。

京極総合法律事務所に彼女が入所したときには、正統派の美人アナウンサーみたいだと噂《うわさ》になったものだ。

「菜乃花ちゃんだってもう恋人を作ってもおかしくない年齢だろ」

「……菜乃に恋人？」

そんなふうに考えたことはなかった。

（そうか、菜乃はもう大人の女性なのか……。そうだよな、二十四歳なんだよな）

妹のような存在の菜乃花は、朋久の中で出会ったときの印象のまま。その彼女が恋人を作るような年齢になっているのだと、雅史に指摘されて初めて気づいた。

「お前と暮らすマンションからいつ出ていってもおかしくないんだぞ」

恋人ができれば菜乃花は出ていくだろう。朋久は保護者のようなものだが、本物の家族ではないから、異性と同居しているわけにはいかない。

（菜乃とはいつまでも暮らせないのか……）

ずっと自分の庇護《ひご》下にいた菜乃花が、成長して手元から離れていく。

そんな未来を想像して、ふと寂しさにも似た感情に襲われた。

保護者的立場から抱く当然の感覚だと思ういっぽうで、自分でも気づかないうちに女性として菜乃花を見ているからなのか。

いや、まさか。

そう否定する裏で、今にも顔を覗かせそうな想いが朋久を戸惑わせる。

同居するようになって以降、大学受験を控えた菜乃花のサポートをし、大学に入学してからは羽目を外しすぎないように監視してきた。保護者としての意識が働くせいか、朋久はここ七年、恋人を作る気が湧かなかった。

菜乃花が離れていく未来を想像して複雑な気持ちになったのは、恋愛から遠ざかってきたせいもあるだろう。そういった事情に疎《うと》くなっている証《あかし》だ。

「そういう雅史のほうは最近どうなんだ？」

大規模な総合病院の中核を担う医師として、弁護士の朋久同様に忙しい毎日を送っているのは知っているが。

「俺もまぁぼちぼちやってるよ」

雅史もここ数年、浮いた話を聞かない。忙しさでそれどころではないのかもしれないが。弁護士も医師も、華やかなイメージとのギャップは否めない。

「お互いに花がないな」

「朋久には菜乃花ちゃんがいるだろ」

「だから菜乃は違うと何度言わせる」

「さぁそれはどうだろうね」

どうやら彼は朋久と菜乃花をくっつけたいらしい。

含み笑いで意味深な目をする雅史に、朋久は大袈裟にため息をついた。

婚約者の輝かしい称号

ラッシュの通勤電車に揉《も》まれながら、ドアが開くと同時にホームへ押し出される。社会人になってから間もなく二年、毎朝変わらず繰り返されるものの数十分の〝試練〟で、菜乃花は一日の力を使い果たした気になる。

「ふぅ、今朝もすごい混雑だったな」

週明けの月曜日は余計にそう感じる。

競うようにして改札を抜けていく人たちの波に乗り、階段から地上に出ると、深い湖面からようやく顔を出して空気を吸ったような気分だった。

地下鉄の駅から徒歩三分、京極総合法律事務所は国会議事堂や最高裁判所をはじめとする主要政府機関が位置する街にある。

一階から三階にカフェやコンビニ、書店などが入る三十階建ての本社は、菜乃花が入所する一年前に完成した自社ビルだ。以前はほど近い場所にある、いくつかのビルに分かれて入居していた。

まだ真新しいビルのエントランスに入り、挨拶を交わし合いながらエレベーターで上がっていく。

法律事務所とはいえ経理や人事など、一般企業のように庶務全般を取り仕切る部署もある。

菜乃花が所属する総務部は五階。エレベーターを降りるとワンフロアすべてが総務部のオフィスで、人事課や経理課、庶務課など課ごとに区切られているものの、視界が開けた広いスペースだ。

法律事務所のため、三十あるフロアのうち半分以上は弁護士の個室になっている。

ちなみに朋久の部屋は二十九階、代表弁護士兼ＣＥＯが部屋を構える三十階のすぐ真下である。

「おはようございます」

方々に声をかけながら人事課のブースに向かい、自分のデスクに着く。向かいから同期入所の石田里恵《いしだりえ》が「おはよう」と顔を覗かせた。

小さめながらくりっとした目元に、笑うと大きな三日月のようになる口元。耳を全部出したベリーショートのヘアスタイルがよく似合う快活な女性だ。

「おはよう。里恵は今日も早いね」

「ラッシュは避けたいもん」

里恵は毎朝、一番混雑する時間帯を避けて通勤している。フレックスタイムを導入して、所員の勤務時間にフレキシブルに対応する事務所のため、個々のスタイルに合わせて通勤時間を調整できるのはありがたい。

「だけど起きる頃はまだ真っ暗でしょう？」

「うん、真夜中みたいにね」

目覚めても真夜中なんてやっぱり無理だと菜乃花は首を横に振る。

夏は菜乃花も一時間ほど早く出勤しているが、さすがに冬は早起きがきついため通常の勤務時間にしている。

「でも、刻一刻と明けていく感じもなかなかいいものだよー」

「朝からそれを味わう余裕がそもそもないかも！」

菜乃花の一日は、ふたり分の朝食作りからはじまる。メニューはたいていお味噌汁《みそしる》に玉子焼き、納豆や漬物といったものが定番。完成したら朋久を起こし、ゆっくり食べる彼を横目に急いで食べ、洗濯物をサンルームに干す。

一連の家事を終えてから身支度に取りかかるため、朝は起きたときから時間との戦いだ。

同居する際に、もともと頼んでいたハウスキーパーを継続しようと朋久は言ってくれたが、それでは菜乃花の気が収まらなかった。居候させてもらう身分のため、できる限り家事をしたいとお願いしていた。

なにしろ住居費はもちろん、生活費のいっさいを朋久が負担してくれているのだから。アメリカの弁護士資格もあり、国際弁護士としても活躍する次期ＣＥＯの朋久が、菜乃花には想像もつかないくらい収入に余裕があるのはわかっているけれど。

「あ、そうだ、昨日の夜、基樹《もとき》くんと話してたんだけど、いつものメンバーで集まらない？」

城下《しろした》基樹は菜乃花の同期であり、里恵の彼氏である。

積極的な里恵からの猛アプローチが功を奏し、入所後半年で恋人同士になった。現在、司法試験合格を目指してパラリーガルとしてがんばっている。

イケメン好きを豪語する彼女がひと目惚れするくらい容姿に優れているが、彼女が彼を自慢するたびに、菜乃花は〝朋くんだって負けないくらい素敵〟と心の中でこっそり呟《つぶや》いている。もちろん里恵には絶対に内緒だ。

「いいね。それでいつ？」

「今週末とか。みんなの都合も聞いてからだけど。菜乃花はどう？」

「私は大丈夫だよ」

「よし、菜乃花はゲット、と。みんなにもあとで聞いてみるね」

里恵はうれしそうにパソコン画面に視線を戻した。

いつものメンバーとは、同期の仲間六人を指す。男女三人ずつの仲良しだ。そのうちの菜乃花と里恵を除いた四人は、揃って弁護士を目指している。

菜乃花はもともと京極総合法律事務所に入所予定ではなかった。生活の面倒をみてくれている朋久に仕事まで頼るわけにはいかないと、当初は一般企業への就職を目指し内定をもらっていた。

ところが入社を目前に控えた三月初旬、その会社で不祥事が発覚し株価が急落。新入社員を受け入れる余裕がなくなった旨の通達を受けた。

朋久には『うちの事務所で働けばいい』と言われたが、そうはいかない意地もあり就活に奔走《ほんそう》。しかし入社の差し迫った時期に拾ってくれる企業はなかなかない。

それを知った朋久の父・京極浩平《こうへい》に『なっちゃんがうちで働いてくれると、おじさんもうれしいなぁ』と再三にわたって請《こ》われた。

幼い頃から行き来のあった京極家。父を亡くしたときには『私を父親だと思って頼りなさい』とありがたい言葉ももらい、彼に父親の面影を感じている部分もあったため入所へ心が傾いた。就活が惨敗続きで疲弊していたのも大きい。

朋久は『俺が何度言っても首を縦に振らなかったのに』と不満そうだったが。

それでもなんの試験も受けずに入所するわけにはいかないと、みんなと同様に試験を受けさせてもらった。筆記試験はもちろん一次面接、二次面接と受け、最後のCEO――浩平の面接までしっかりと。

そうして合格をもらえた菜乃花だったが、頭の中には〝コネ〟の文字がちらつき、最初は引け目を感じていた。しかし里恵をはじめとした同期に出会えた今となっては、ここに入所する決断をして本当によかったと思う。

「若槻さん、これを武本《たけもと》先生の部屋に届けてもらえないですか?」

パソコンが立ち上がり、仕事に取りかかろうとしたタイミングで声をかけられた。顔を上げると、そこには人事課マネジャーの高坂《たかさか》の姿。穏やかな笑みを浮かべて、クリアファイル入りの書類を差し出す。

「承知いたしました。すぐにお届けします」

「必ず手渡しでお願いしますね」

高坂に念を押され、「二十九階に行ってきます」とひと声かけて席を立つと、すかさず向かいの席の里恵から「いいなぁ」と返ってきた。

その言葉には〝京極先生に会えるチャンス〟といった願望が隠されている。彼氏はいるが、朋久は観賞用として愛《め》でたいのが里恵のスタンスだ。

ちなみに菜乃花が彼と同居しているのは事務所内のほぼ全員が知っている。というのも、CEO自らが『小さい頃から知ってるから、実の娘みたいなもの。うちの朋久のところにいるんだよ』と早々に広めてしまったからだ。本人にばらした意識はなく、ちょっとした〝娘〟自慢だったらしい。

おかげで朋久だけでなく、所内のみんながふたりは兄妹同然と認識している。女性にモテる彼だから妙な嫉妬を買わずに済むのは助かるが、寂しい気持ちを抱えているのも事実だ。

たまに『これ、京極先生に渡してください』とプレゼントの橋渡しを頼まれるのは、ただひとつ困っている点である。

エレベーターに乗り、二十九階を目指す。

預かった資料に目を落とすと、四月から受け入れる新入所員たちの教育プログラムのスケジュールだった。菜乃花がこれまでのものをベースに作成し、マネジャーの高坂に確認をお願いしていたものだ。武本には講師として登壇《とうだん》してもらう予定になっているため、完成したスケジュールを渡す必要がある。

高坂に『必ず手渡しで』と念を押されたのは、忙しい弁護士だからこそ見落としがあってはいけないため。確実に予定を押さえておく必要がある。

研修はすでに弁護士資格を持っている者、それを目指す者、菜乃花のような一般事務といった系統ごとに、それぞれ違うプログラムを設けている。

最初の三日間だけは全員一緒に講習を受けるため、目指す道の違う同期と仲良くなったのはそのときだった。

二十九階でエレベーターを降りると、静かな空気に背筋が伸びる思いがする。菜乃花たちがいる雑然としたフロアとは明らかに違い、温度まで数度低いような感じだ。

武本の部屋へ足を進めると、さらにその先の部屋のドアが開き、朋久が出てきた。

自宅にいるときと違い、上質な仕立ての三つ揃いスーツを着た彼は眩《まぶ》しいくらいにカッコいい。ダークグレーの無地のスーツに、薄いブルーのワイシャツを合わせ、とても爽やかだ。

背後の窓から光が入るせいか、後光が差しているよう。そんな彼を襟《えり》の金バッジがさら引き立たせる。

「京極先生、おはようございます」

もちろんマンションでも挨拶は交わしているが、今日所内で顔を合わせるのは初めてだ。

「菜乃、こんなところまでどうした」

「先生、ここでは若槻とお呼びください」

「菜乃はお堅いな」

クスッと笑い、立ち込めていた静かな空気が優しく震える。

「堅い、やわらかいの問題じゃありません」

公私はしっかり区別をつけないと、ほかの所員たちにCEOや朋久に甘えていると言われかねない。

「で？」

「……あ、これを武本先生に」

一瞬なにを聞かれたのかわからず目を瞬かせたが、すぐに思い出す。

手にしていたファイルを朋久に見せると、彼は菜乃花の手からパッと取り上げた。

「ああ、四月からはじまる研修のスケジュールか。そういえば俺も菜乃たちのときに一度だけ講師をしたことがあったな」

「そうだったね。朋くん、あのときはカッコよかった」

ここが職場だと忘れて、うっかり普段の呼び方になる。

菜乃花の知っている朋久と違う顔をしみじみ見たのはそのときが初めて。道端でキャッチセールスから女性を助けたのとはわけが違う。

弁護士としての誇りややりがい、これまでどのような案件に関わってきたのかを語る姿は、菜乃花だけでなくその場にいた全員の心を鷲掴《わしづか》みにした。受講していた者みんなが、朋久に羨望の眼差しを向けたものだ。

そして、そんな幼馴染みを持つことが菜乃花自身、とても誇らしかった。

「あのとき〝は〟ってなんだよ。俺はいつだってカッコいい」

「自画自賛だ」

自信満々に言った朋久が、ふふふと笑う菜乃花の頭を書類でぽふっとする。

瞬間見上げて合った彼の目が、わずかに揺らいだ。いつもなんの迷いもなくまっすぐ菜乃花に向けられる視線が、ほんの微かに。

しかし菜乃花が軽く首を傾《かし》げているうちにいつもの朋久に戻り、涼しげな笑顔になった。

「では失礼します」

最後は改まって丁寧に言って頭を下げる。

ふっと息を漏らしながら軽く頷く朋久に笑顔を向け、彼の脇をすり抜けて武本の部屋をノックした。

＊＊＊＊＊

「民法第６４３条により、代表取締役会と会社との法律関係は委任契約の関係に立ちます。委任契約の解除に関して、各当事者がいつでもその解除をすることができると、民法第６５１条第１項で規定しているんです」

黒でシックに統一された、京極総合法律事務所の静かな応接室に朋久の落ち着いた声が響く。その隣にはパラリーガルと呼ばれる法律専門の男性アシスタント、野々原《ののはら》が控えていた。

「つまり、解任は可能なんですか？」

「ええ、そうなりますね」

向かい合ったソファで身を乗り出す、相談者である四十代の男性に深く頷いた。

男性は家族で会社経営をしているが、代表取締役を務めている父親が先日、医師から認知症との診断を受けた。任期中だが、病気を理由に代表取締役から解任できるかとの相談であり、可能な場合の手続き方法などについての問い合わせだ。

「注意が必要なのは解任の時期です」

朋久の目が精彩を放つ。膝の上に置いていた手をゆっくりと組みなおした。

「相手方に不利な時期、つまり在任中に解除した場合は損害賠償を支払う必要があります」

「損害賠償⁉」

「残任期間中の報酬相当額になりますね。ただし、やむを得ない事由があったときはこの限りではないとも規定していますから、お父さまの場合はその事由と認められるでしょう」

認知症という医師の診断書があれば多くの場合は問題になることはないが、診断書の信ぴょう性や認知症の程度に疑義が生じた場合は、後々争いになる可能性もわずかながら内包していることも付け加える。

緊張しきっていた男性は、そこでようやく息をつき安心したようだった。

その後、解任の方法や手続きについて説明し、エレベーター前で相談者を見送る。

「京極先生、お疲れさまでした」

頭を下げたのは同席していた野々原だ。

彼は入所して四年目の二十六歳。背はそれほど高くないが、くりっとした目元に愛《あい》嬌《きょう》があり、アイドルでも通用するようなかわいらしい顔立ちをしている。

朋久の補佐として就くことが多く、多岐《たき》にわたる書類の作成技術は高く、専門的な知識が豊富でコミュニケーション能力も高い。

「さっきの案件、解任予定の父親の財産管理問題が発生する可能性もあるだろうから、後見もしくは保佐開始申立の準備も進めておいたほうがいいだろうな」

「承知いたしました。一連の書類につきましては僕のほうで準備します」

真剣な顔で聞き入っていた野々原が、ふと表情を緩める。

「先生、仕事とはべつの話をしてもよろしいですか？」

エレベーターに乗り込み、パネルの二十階と二十九階をタッチした彼に目でどうぞと促した。

「若槻さんって彼氏はいるのでしょうか」

仕事から話題が逸れるとはいえ菜乃花の名前があがるとは予想もせず、「え？」と聞き返す。

「あ、いや、以前からかわいいなと」

それまでの硬い表情はどこへやら、野々原は頭をかきかき目尻を下げた。

菜乃花に好意を抱いているのは容易にわかる。

「……よく知らないが、いるんじゃないか」

そんな存在など耳にしていないくせに、朋久の口からはなぜか存在をほのめかす言葉が出てきた。嘘《うそ》をつく必要がどこにあるのか。

「あぁ、やっぱりそうですか。若槻さんみたいな可憐《かれん》な女性に彼氏がいないわけはないですもんね」

落胆したようにがっくりと肩を落とす野々原に、わけもなく胸がざわついた。

野々原に限った話ではない。いつか菜乃花を自分の手元から連れ去っていく男は、確実に現れるだろう。

(そのとき俺は……)

近い将来を想像して焦るのはなぜか。

「では、僕はここで失礼します」

先に二十階で降りる野々原を見送り、朋久は二十九階にある自室に戻ってきた。

デスクチェアに腰を下ろし、息をつく。

朋久は物心がついたときから弁護士を目指していた。

むしろ、その道以外になかったというのが正解かもしれない。分岐点はなく、ただそれだけが長く続いていた。

不思議と反発心は芽生えなかった。おそらくそれは父親の仕事に対する姿勢を目《ま》のあたりにしてきたからなのかもしれない。

仕事に夢中だった父は、ときに家庭を顧みることが疎《おろそ》かになったときもある。毎晩、家族で食卓を囲めたかといったらそうではない。

しかしそれ以上に弁護士の仕事に誇りを持っている父は輝いて見え、子どもながら羨望の眼差しを向けたものだ。

朋久が生まれたときにいわゆる〝イソ弁〟――法律事務所に雇われて働く弁護士だった父・浩平は独立後、それこそ寝食を惜しんで仕事に励んだ。この三十年あまりで他の法律事務所との合併を繰り返し、京極総合法律事務所を日本の四大法律事務所と呼ばれるまでにした。もちろん合併だけで大きくなったわけではなく、多方面における実績とクライアントとの信頼関係がなせる業である。

日本の経済界を背負って立つ大企業と顧問契約を結ぶ弁護士が多数在籍し、朋久もそのひとり。主に企業間のM&Aを受け持つ流れで、そのまま顧問となることが多い。

四大法律事務所と呼ばれる所以《ゆえん》は、弁護士の数が多いだけではなく、膨大な依頼をこなしてきた実績から、ほかの事務所にはない有用な情報を持っているため。

珍しい依頼を受けたとしても、過去に似通った案件を扱った弁護士が所内にいることも少なくない。そのうえ、裁判官の個性や思考の癖《くせ》まで共有しているのは有利な点だろう。独自の情報を集めているほど、裁判や交渉を優位に運べる可能性が高くなる。

事務所の自室でパソコンに向かい、クライアントへのメールを送信後、朋久の頭にふと菜乃花の顔が浮かんだ。

雅史に妙なことを言われてからというもの、菜乃花を変に意識してしまう。あれから朋久はどうもおかしい。先ほどの野々原の発言に対する動揺もそう。

これまで菜乃花は妹同然だった。

その昔、会えばいつも『朋くん』と懐いてくる彼女はかわいく、プレゼントしたヘアアクセサリーを大事につけ、朋久に『似合う?』と確認する様子が微笑ましかった。

そんな彼女から笑顔が消えたのは、両親を立て続けに亡くした頃。心身ともにボロボロになった菜乃花は、今にも足元から崩れてしまいそうなほど弱っていた。

あまりにも悲痛な彼女を放っておけず、思わず『俺のマンションに来い』と同居を提案した。

彼女を守ってやりたい、これ以上傷つかないようにしてやりたい。

菜乃花を自宅マンションに住まわせたのは、そんな庇護欲から。女性として見てはいなかった。

ところがここ数日、自分の不可解な心の動きに朋久は戸惑っている。

妹同然だったはずの菜乃花に対して芽生えた、独占欲にも似た感情はなんなのか。

菜乃花に彼氏はいるのかと野々原に尋ねられたときに存在をほのめかしたのは、そんな想いが唐突に沸き上がったせいだ。

菜乃花を奪われたくない。

あのときそう強く感じたのは、家族愛と同様の想いなのか。

心に立ったさざ波をどうすることもできないまま、朋久はその日の仕事を終えた。

帰宅して玄関を開けると、パタパタとスリッパの音を響かせて菜乃花がやってくる。

「朋くん、おかえりなさい」

彼女の顔を見てホッとすると同時に胸の高鳴りを覚える。いつもと変わらない光景のはずなのに、菜乃花の笑顔がやけに眩しい。

「ただいま」

笑い返したが、ぎこちなくなかったかと柄にもなく不安になる。

スリッパに履き替え、菜乃花を従えてリビングに足を向けた。

「タイミングばっちりだよ、朋くん」

「タイミング？」

背中に声をかけてきた菜乃花に肩越しに聞き返す。

「今夜はお鍋にしたんだけど、今ちょうどいい具合に煮えたところなの」

うれしそうに言い、ダイニングテーブルにセットしたカセットコンロの上に、キッチンから運んできた土鍋をのせた。

赤と白のギンガムチェックの鍋つかみとお揃いのエプロン姿が妙にかわいい。

思わずじっと見入っていたら、菜乃花が「どうしたの?」と小首を傾《かし》げる。

「いや、なんでもない」

「そう?　具合でも悪い?　熱は?」

鍋つかみを外してテーブルに置き、朋久の額に手を伸ばしてきたため思わず身構える。鍋を掴んだせいか、あたたかな彼女の手と比べると、朋久の額のほうがずっと冷たい。

「んー、熱はないみたいだけど」

すぐそばで心配そうにした顔に脈拍が乱れ、とっさに彼女の手を掴んで引き離す。

これまでにもこうして触れることはあったはずなのに、鼓動が速まった。

(……なんなんだ)

自分で自分の心を持て余す。

菜乃花は目をまたたかせて不思議そうにした。

「手を洗って着替えてくる」

不思議そうにする菜乃花にそう言って踵《きびす》を返す。

つい素っ気なくなった自分に〝なにやってんだよ〟と突っ込みながら、ネクタイを少し乱暴に抜き取った。

＊＊＊＊

その週末、里恵の彼氏、城下の号令でささやかな同期会が開かれることとなった。

同期と集まるから帰りが少し遅くなると伝えると、朋久に場所や時間まで事細かに聞かれた。過保護というか、いつまでも子ども扱いされている証拠と言えるだろう。

残業になったため、みんなに遅れること三十分、菜乃花が会場のイタリアンレストランに向かって急いで歩いているときだった。

「あれ？　菜乃花じゃないか？」

すれ違いざまに声をかけられて足を止める。振り返ったそこには長身でスーツ姿のビジネスマンがいた。

（あれ？　もしかして……）

「充《みつる》くん？」

「そうそう。やっぱ菜乃花だったか」

彼が人懐こい笑みを浮かべる。

菜乃花の父には従兄がいるが、その息子、つまり菜乃花のはとこである。

同い年の彼とは中学も高校も一緒だったが、会うのは高校の卒業式以来。じつに六年ぶりだ。

バスケ部のエースだった彼は爽やかな好青年で、女子たちにも人気があった。

「久しぶりだね。元気にしてた？」

「まあね。菜乃花も元気そうだな。ってか、すごく綺麗になったんじゃないか？」

「やだな、そんなことないから」

いきなり褒められて照れくさい。

「まだアイツんとこにいるのか？」

アイツとは言わずと知れた朋久のマンションだ。

「あ、うん」

「京極総合法律事務所で働いてるんだって？」

おそらく充の父親から聞いたのだろう。彼の父親は不動産業を営んでおり、菜乃花が家族で住んでいた一軒家の管理を任せているため、たまに連絡を取り合うことがある。その用件は、中古物件を探しているお客からの問い合わせが大半だ。

「うん。一般企業から内定をもらってたんだけど取り消されちゃって」

「働いてるのに一緒に暮らしてるのか」

「……え？」

「社会人になったから、てっきりひとり暮らししてるのかと思ったよ」

充に言われてハッとした。

これまで学生時代の流れで朋久のマンションに住まわせてもらっていたが、社会人になって久しく、お世話になる理由はたしかにもうない。

なにしろ菜乃花は彼の恋人でもなんでもないのだから。朋久が厚意で置いてくれているだけ。

今までそんな考えに至らなかったのが不思議なくらいだ。もしかしたら菜乃花自身、そこから目を背けていたかったのかもしれない。彼のそばにいたい一心で。

「ほんとだね」

「あっちが迷惑じゃなければ余計なお世話かもしれないけど。あ、なんなら俺が親父に頼んでアパートを探してもらおうか？」

迷惑という言葉が胸に突き刺さる。

自分の気持ち優先で、朋久がどう考えているか知ろうともしなかった。これでは子どもっぽいと彼に思われても当然だ。

「菜乃花？」

なにも返せずに言葉を失う菜乃花を充が不審がる。

「……あ、ううん、大丈夫。自分で探せるから」

充に次なる提案をされるが、六年ぶりに会った親戚にそこまでお願いできない。

「そっか。ところで、菜乃花はもう帰り？　よかったら一緒に飯でもどう？」

「ごめん。これから職場のみんなと食事なの。待たせてるから急がなくちゃ」

両手を顔の前で合わせて謝る。

「じゃあ、またの機会だな」

「うん。それじゃ、行くね」

ひらりと手を振って充と別れた。

軽やかな足取りとは裏腹に、心は密かにざわめく。朋久との同居に対する否定的な意見が、あまりにも的を射ていたから。

（朋くんとの同居を考えなおす時期なのかもしれない……）

出し抜けに突きつけられた課題は、菜乃花の気持ちをひどく落ち込ませた。


里恵が送ってくれたマップを頼りにイタリアンレストランへ到着すると、すぐにテーブルに案内された。

みんなはすでに揃っていたが、飲み物も頼まずに待っていてくれたようだ。

「待たせてごめんねー」

同居の件はあとでじっくり考えようと、気持ちを切り替えて明るく登場する。

「おお、やっと来たか」

里恵の隣に腰を落ち着け、お酒を注文。今夜はチーズフォンデュのコースらしく、野菜やフルーツ、バゲット類が続々と運ばれてくる。

「焼きたらことフライドポテト、意外といけるね」「アボカドも相性ばっちりだよ」などと変わり種も楽しみ、三カ月ぶりの同期との集まりは職場の話をしているうちにあっという間に時間が経過していく。

パラリーガルとして働く四人の話は分野が違うため興味深く、特に朋久が話題に上がるたびに〝やっぱり朋くんはすごいな〟と思わされる。事務所の弁護士の中ではまだ若いのに、エリート弁護士として頭角を現す朋久は四人の目標でもあるため、言葉に熱がこもって当然かもしれない。

自分が褒められているわけでもないのに誇らしく、彼が活躍した話をもっと聞きたいがお開きの時間となった。

「それじゃ、今夜はここまでってことで」

会計を済ませて店の外に出る。痛いくらいに冷えた北風がお酒で火照《ほて》った頬を撫《な》でていく。

六人は駅に向かって思い思いに歩きはじめる。菜乃花はそのうちのひとりと肩を並べた。

その彼は仲間内では中心にいるタイプで話し上手。朋久の話題も出てきたため夢中になって聞き入っていると、ププッと短いクラクションが聞こえてきた。

自分たちとは関係ないだろうと思いつつ、つられるようにして目を向ける。ところが――。

「……え、嘘」

呟くように小さな声が菜乃花からこぼれた。

朋久の車がそこに停車していたのだ。外国産の高級ＳＵＶ、ホワイトパールの大きな車体がものすごい存在感を放っている。

まさか迎えに来るとは思いもせず、足を止めたまま棒立ちになる。

「誰？　菜乃花の知り合い？」

立ち止まった菜乃花に気づいた里恵や同期のみんなが、菜乃花と車の間に視線を行き来させる。車だけでは朋久だとわからないみたいだ。

「知り合いというか……」

同居しているのは周知の事実とはいえ答えに窮していると、運転席から朋久が降り立った。

「えぇっ、京極先生⁉」

里恵たちが調子はずれの声をあげる。つい先ほどまで話の中心だった人物が登場したのだから無理もない。

朋久は歩道の柵に手をついて、ジャンプで華麗に乗り越えた。

「朋くん、どうしたの？」

「菜乃花を迎えに来たんですか？」

菜乃花と里恵の声が重なる。

「出かけたついでにね。方向が同じ人がいれば乗せてくけど」

朋久がみんなの顔をざっと見て尋ねると、城下が首をぶんぶん横に振る。

「いえいえ、俺たちは電車で帰れますから。な？」

「うん」

みんなの同意を得つつ、恐縮して断る城下の腰はおかしいくらいに引けていた。

常日頃から『京極先生みたいになりたい』と語る城下は、憧れの弁護士を前にして目は泳ぐし早口だし、てんてこ舞いだ。ほかのみんなも赤べコの人形のように首をコクコクとさせて何度も頷く。

「じゃ、菜乃、帰るぞ。キミたちも気をつけて」

菜乃花の肩を、朋久がさりげなく抱くようにする。彼にしてみたらあくまでも子どもを守るような感覚に過ぎないのだろうが、エスコートの真似事みたいな仕草はそうそうされない。

菜乃花は落ち着かない気持ちでみんなに向かって両手を合わせ、〝ごめんね〟と口パクしつつ、頭を下げて彼の車に乗り込んだ。

「迎えに来てくれるなんてどうしたの？」

シートベルトを締めながら尋ねる。

今夜のように食事で帰りが遅くなることはこれまでもあったが、予定外の迎えは初めてだ。

「ちょうどコンビニに買い物に出たついで」

「ついででこんなところまで？」

ここからマンションまでは電車でも二十分かかる。それにコンビニならマンションから徒歩で行ける距離だ。

「あ、わかった。私が男の人に誘われたら困るからでしょう」

もちろん本気でそう思っているわけではない。ジョークを飛ばしてクスッと笑う。しかしいつもなら即座に繰り出されるはずの〝そんなわけがあるか〟といったストレートパンチが飛んでこない。

（……あれ？）

反応に拍子抜けしていたら、横顔からでもわかるほど朋久の目が泳いだ。

「……朋くん？　どこか具合でも悪いの？」

顔を覗き込むと、朋久はチラッとだけ合わせた視線をすぐに前に向けた。

ほんの数日前にも同じようなやり取りをしなかったか。あのときもちょっと様子がおかしかった。

「どこも悪くない。べつに普通だ」

どこがおかしいのかは菜乃花もわからないが、なんとなく挙動不審だ。

(変なの。……でも朋くんが普通だって言うんだから気のせいなんだろうな)

気を取りなおしてシートに深く体を預ける。エンジンがかけられ、車が発進した。

「ずいぶん楽しそうだったな」

「楽しそう? あ、さっき?」

同期と話しながら歩いていたときのことだろう。朋久が「ああ」と頷く。

言い方にちょっと棘《とげ》があったため、もしかしてヤキモチ?とも思ったが、朋久が妬《や》くわけはない。菜乃花の勘違いだろう。

「朋くんの話を聞いてたの」

「俺の話?」

「朋くんはみんなの憧れだから」

菜乃花の同期に限った話ではない。パラリーガルはもちろん、朋久を目標にしている弁護士も多いと聞く。

朋久の横顔にどことなく照れが滲《にじ》んだ。

「あ、そうだ、朋くん、懐かしい人に会ったの」

「懐かしい人?」

「充くんって覚えてる？」

菜乃花の自宅にもたまに来ていた充は、朋久も何度か会ったことがある。

「ミツル？」

「うん、私のはとこの」

「……あぁ、アイツか」

朋久も思い出したらしく、小刻みに頷く。

「さっきのレストランに行く途中でね」

「元気だったか？」

「うん。高校のとき以来だから、スーツ姿で大人っぽくなってた」

菜乃花はどうしても朋久と比べてしまうため、当時同い年の充は子どもっぽく見えたものだが、社会人になればさすがに成長するものだ。

「なんだって？」

「なんだって……あ、ううん、べつになにも」

充の『社会人になったから、てっきりひとり暮らししてるのかと思ったよ』という言葉が一瞬頭をよぎったが、あえて口に出さずにのみ込む。

ずっとこのままではいられないかもしれないが、朋久からなにも切り出されないのを逆手に取り、先延ばしにしたいと考えてしまう。

（私、ずるいな……）

ただ朋久のそばにいたいという自分勝手な願いを優先するのだから。充の言うように、朋久は迷惑に感じているかもしれないのに。

同居を考えなおす時期だとほんの数時間前に思ったくせに、朋久の顔を見るとそんな決意は簡単に揺らぐ。

「コンビニ寄るけど、なにかいるか？」

「ううん」

「ほんとになにも買ってこないぞ？　期待するなよ？」

「大丈夫だから。ありがと」

念押しする朋久にクスクス笑いながら返しているうちに、コンビニで車が停められる。ものの数分で戻ってきた朋久は、ミネラルウォーターのペットボトルを菜乃花に差し出した。

「酒飲んだんだろう？　水も飲んでおいたほうがいい」

「なにもいらないって言ったのに」

「いらないなら俺が飲むからいい」

「せっかくだからいただきます」

朋久が引っ込めようとしたペットボトルを掴んだ。

あれだけ『なにも買ってこないぞ?』と念押ししていたくせに、つっけんどんな優しさがかえって胸に響く。

「それからこれもやる」

菜乃花の手のひらにのせられた小さなチョコレートの包みは、子どもの頃によく朋久が買ってくれたものだった。それも菜乃花が好んで食べていたビスケット入りだ。

「懐かしい。……けど、夜に食べたら太るって言わないの?」

「今食べろとは言ってない。明日にしておけ」

「無理。今すぐ食べる」

目の前に大好きなチョコレートを差し出されたら明日まで待てない。

「だけど一個だけ?」

彼の手元を目で探ったが、袋は提げていない。

てっきりもっとたくさん買ってくれたのかと思ったのでがっかりした。

「それで十分。こんな時間に甘いものを食べたら虫歯になるぞ」

「そうやってまた子ども扱いするんだから。ちゃんと歯磨きしてるのに」

喜んだのも束の間、保護者ぶられてブルーになりながら、チョコレートの包みを開いて「いただきます」と口に放る。

チョコとビスケットの相性は抜群、やっぱりおいしいとニコニコしながら食べていると、横から視線を感じた。車は赤信号で停車中だ。

「どしたの?」

「菜乃は変わったな。いや、変わったのは俺なのか?」

「どっちなの」

首を傾げる朋久に鋭くツッコミを入れる。

「菜乃はかわいいって言ってるんだよ」

「か、か、かわいい⁉」

幼い頃ならともかく、大人になって朋久からそんな言葉をかけられたことはないため動揺する。胸が激しく高鳴り、二の句が継げない。

目を見開いて朋久の顔を凝視していたら、彼はふっと笑みをこぼした。

その笑顔に鼓動がさらに速まる。

「ど、どうしたの?　なんでそんなこと」

「ふと思ったから素直に口にしただけ。気に入らないなら今すぐチョコを返せ」

左手を菜乃花のほうに突き出す。その手をペチンと叩いて突き返した。

「返せって食べちゃったもん、無理だよー。それに今さらかわいいって気づいたの？」

狼狽《うろた》えたのをごまかすために、買ってもらったミネラルウォーターのキャップを開ける。

かわいげのない言葉だと後悔しても、もう遅い。ちょっと頬を赤らめるだけでよかったのに。

「今さら、か。そうだな、今さらだな」

自嘲《じちょう》気味に笑う朋久から目を逸らし、水を喉に流し込む。決してお酒のせいではなく、喉がカラカラだ。

ペットボトルのキャップを閉めてひと呼吸おいていると、菜乃花のバッグの中でスマートフォンが着信の音を響かせた。

（誰だろう。里恵かな）

そう考えつつバッグに手を突っ込んでスマートフォンを取り出すと、表示されていたのは登録のない番号だった。

「朋くん、出てもいい？」

ひと言断り、彼の了承を得て通話をタップする。

「もしもし……？」

《菜乃花？　俺》

耳に届いたのは聞き慣れない声だった。同期や高校、大学時代の友達の顔を思い浮かべたが、どれもナンバーは登録されている。

菜乃花がわからないと判断したのか、すぐに《充だよ》と相手が続けた。

「あぁ、充くん？　え？　どうしたの？」

ずいぶん昔に連絡先を交換していたが、登録されていないということは番号を変えたのだろう。彼のほうには菜乃花の連絡先が残っていたに違いない。

《どうしたのって、さっきはあまり話せなかったからさ。まだ友達と一緒か？》

「あ、ううん。今帰ってる途中」

運転席の朋久にチラッと目線を投げかけ、またすぐ前に戻す。

《そっか。なぁ、今度食事でもしない？》

「食事？　おじさまやおばさまも一緒に？」

《違うよ。俺と菜乃花のふたりで》

「ふたりで？　どうして？」

唐突な誘いに困惑する。充とは親戚だが、顔を合わせるのはどちらかの親が一緒のときだけで、ふたりきりで会ったことは一度もない。それに親戚とはいってても会うのはお正月くらいで、家族ぐるみの深い付き合いがあるわけではなかった。
《どうしてって、久しぶりに菜乃花に会って懐かしくてさ。積もる話もあるしどう？》
なんとなくためらうのは、朋久以外の男性とふたりで会うのは気が進まないためだ。朋久一筋の菜乃花はデートの経験すら一度もなく、男性から誘われてものらりくらりとかわしてきた。ふたりで会っても、きっと朋久と比べてしまうから相手に失礼だ。
《菜乃花？　聞いてる？》
「あ、うん、ごめ――」
「菜乃、もう着くぞ」
菜乃花が言いかけるのとほぼ同時に、朋久が口を挟む。それも電話口にまで届くほどのかなり大きな声だ。まるで自分の存在を相手に知らしめるかのよう。
《帰ってる途中って、アイツも一緒なのか？》
「うん、迎えに来てくれて」
《……アイツと付き合ってるのか？》
「ま、まさか！　付き合ってないよ」

菜乃花にとっては刺激的な言葉だったためオーバーに切り返す。

自分が朋久と付き合えるはずがない。彼は菜乃花を保護者目線でしか見ていないのだから。

「着いたから切るね」

《あ、おい、菜乃花》

電話の向こうから充に呼び止められたが、無理に通話を終了させた。

車がマンションの地下駐車場に停車する。

「ごめんね、朋くん、騒がしくして」

充に妙なことを言われたせいで心臓はバクバクだ。朋久の恋人になれるわけがないのに。

「菜乃」

ふと、名前を呼ばれて彼を見る。

いつもと違うトーンの声だった。優しくて、どことなく切ない。

そんな声色にドキッとさせられる。

「……どうしたの？」

「俺たち」

朋久がなにかを言いかけたそのとき、今度は彼のスマートフォンがヴヴヴと空気を震わせた。

「菜乃、悪い。先に部屋に帰ってて」

「うん、わかった。お迎えもチョコも水も、ありがとう」

めいっぱい笑顔でお礼を言うと、朋久の目元にわずかに照れが滲んだ。

車を降りてエレベーターに向かう。

上げた口角も細めた目元も、すぐに力なく定位置に戻り、菜乃花は真顔になった。

（もしかしたら朋くん、同居は解消しようって言いかけたのかも……）

菜乃花ももう大人で、高校生や大学生のときとは違う。いくら保護者のようなものとはいっても、血の繋《つな》がりのない年頃の男女が同居していれば、世間はどうしたって色眼鏡で見るだろう。

先ほど菜乃花が口走った『付き合ってないよ』という言葉が、朋久を目覚めさせたのかもしれない。ほかの人から恋人同士と認識されたら、困るのは彼だ。

朋久に特定の女性の影はないが、三十二歳にもなればそろそろ結婚を考えてもおかしくない。日本四大法律事務所に数えられる事務所の次期ＣＥＯだから、それなりの家柄の娘との縁談があってもいい頃だ。

やはり同居は解消すべきなのかもしれない。このまま一緒にいても、菜乃花の想いが通じる未来はないのだから。

菜乃花は差し迫った未来への不安から、朋久に買ってもらったミネラルウォーターをぎゅっと胸に抱いた。

＊＊＊＊

週明けの月曜日。朋久はクライアントとの打ち合わせを終えて自室へ戻ってきた。

椅子に腰を下ろし、ふと先週末の夜のことを思い返す。

同期との食事会に出かけた菜乃花を冷静に待てなかったのは初めてだった。これまで彼女が誰とどこで食事をしようが、要請がなければ迎えに行きはしなかったのに。

同期の中の誰かに誘われたら……。そう考えたら居ても立ってもいられなかった。

さらに充からの着信でモヤモヤが募り、わざと大きな声で電話中の菜乃花に話しかけるなど、これまでの朋久には考えられない行為だ。

頭で考えるより先に口が動く。

『俺たち』

言いかけた言葉の先は電話の着信でのみ込んだが、そのあとに続くのは〝付き合おうか〟という告白まがいのセリフだった。

二十四歳の菜乃花にしてみれば、三十二歳の朋久はおじさんに分類される領域だろう。そんな言葉を投げかけたところで、心優しい彼女を困らせるだけだ。

いつか自分の手元から離れていく彼女に対する執着心や、妹に対する独占欲の一種。そんな言い訳で片づけられるものではないと、朋久自身も認める以外にない気がしていた。

物思いに耽《ふけ》っていた朋久を現実に引き戻したのは、ドアをノックする音だった。

「はい」と返事をすると、秘書の女性が顔を覗かせる。

「受付から京極先生にお客さまとの連絡が入りました」

「お客？」

この時間に来客の予定はなかったはず。いったい誰だろうか。

「T大の藤谷《ふじたに》さまとおっしゃっていますが、お通ししますか？」

「藤谷教授？　お通しして」

朋久が大学時代にお世話になった恩師だ。今でもたまに連絡を取り、時間が許せば飲みに行くこともあるが、事務所までやってくるのは初めてではないか。

ハンガーに掛けておいたジャケットを羽織り、ボタンをはめる。ほどなくしてドアがノックされ、秘書が藤谷を伴って入室してきた。

白髪交じりの髪を七三に分け、くっきりとした二重瞼で濃い顔立ちをした穏やかな風貌の藤谷は、もう間もなく六十歳を迎える。裁判官を辞めて弁護士として活躍しながら、講師としてゼミを受け持っていた人物である。朋久が学生だった頃には、威厳のある近寄りがたい存在であった。

近頃は恰幅《かっぷく》のある体型を気にしてか、お酒を控えようかと思案しているらしい。

「いやはや、忙しいところ突然悪いね」

「いえ、教授こそお忙しいでしょう」

藤谷にソファを勧めて、自分も向かいに腰を下ろす。

「直接ご連絡いただければ、ご足労いただかなくても私から伺いましたのに」

「いやいや、多忙を極める京極くんを呼びつけるなんてとんでもない」

藤谷は右手を顔の前でひらりと振り、屈託のない笑みを浮かべた。

秘書が淹《い》れてくれたお茶を勧め、揃って口をつける。

「それで今日はどのようなご用件でこちらへ？」

「ああ、それなんだがね」

藤谷はもそもそとお尻を動かして居住まいを正した。なにやらかしこまった様子だ。

「京極くんは三十二歳だったかな？」

「ええ、はい」

膝の上で揃えていた手を組み合わせて答える。

「そろそろ結婚を考える年頃じゃないかとね」

「結婚、ですか」

弁護士事務所で持ち出される話題とは遠く、目が点になった。

「お付き合いしている女性はいないと言っていただろう？」

「そうですね」

たしかに少し前に会ったときに藤谷に尋ねられ、そう答えた記憶はある。

菜乃花と同居して以降、浮いた話がないのは事実。女性のほうからストレートに誘われることも、それとなく言い寄られることもあるが、仕事を理由に断ってきた。

「そこで提案なんだが」

ソファに座ったまま、藤谷が前のめりになる。

なにを言おうとしているのかピンときた。

「うちの娘にはキミも何度か会ったことがあったと思うんだが」

「綾美《あやみ》さん、ですよね。まぁ数える程度ではありますけど……」

「その綾美との結婚を考えてみてはどうかな」

予感は的中。瞬間、菜乃花の顔が頭をよぎる。

藤谷は目元を細めて頬を綻《ほころ》ばせるが、朋久は身構えた。参ったなというのが正直なところだ。

「綾美も二十九歳になったんだが、いかんせん引っ込み思案で彼氏がいた試しがないんだ」

「そう、ですか」

何度か会ったことのある彼女はこちらの挨拶に小さな声で返し、控えめな笑みを浮かべて一歩引くような女性だった。たしかに自分からグイグイいくタイプではない。美人で清楚なお嬢さまといった風情だ。

「つい先日、綾美に『誰か気になる人はいないのか?』と聞いたら、なんと京極くんの名前を出すじゃないか。これは親としてひと肌脱ぐしかないと、ここまでやってきた次第だ」

藤谷は若干興奮して鼻の穴をヒクヒクさせた。

「それは光栄です」

「では了承してくれるんだね？」

「いえ、そうではありません。私の名前をあげてくださったことに対するお礼です」

パッと顔を輝かせる藤谷に冷静に返す。

「まぁ突然結婚と言われたら返答に困って当然だろう。じつは下のカフェに綾美を待たせているんだ。休憩がてら、ちょっとコーヒーでもどうかね？」

なんと娘まで同行させているらしい。

「申し訳ありません、まだ仕事が残っておりますので」

「あまり根を詰めすぎるのもよくない。ほどよく力を抜くことは大事だよ。ほら、行こう」

立ち上がった藤谷は、朋久の腕を強引に引き上げた。

お世話になった恩師の誘いをすげなく断るわけにもいかず、渋々従う。急ぎの案件や約束がないのが逆に恨めしい。

カフェで待っていた綾美は、朋久の姿を確認するとすぐさま目を逸らして頬を赤く染めた。

「わがままを申し上げてすみません」

先に謝られてしまえば、本音は言えない。「いえ、お久しぶりですね」と笑いかけ、彼女の向かいの席に座った。

注文したホットコーヒーはすぐに出され、藤谷が早速本題に切り込む。

「ほら、綾美、せっかく京極くんを連れてきたんだ。なにか話すことはないのか？」

「そう言われても……」

彼女は、朋久が本当にここに顔を出すとは思っていなかったのかもしれない。父親にけしかけられ、半ば無理やり連れてこられたのではないか。

「綾美さんは今、どんなお仕事をされているんですか？」

困っている彼女を見かねて朋久から話題を振る。

「わ、私は大学の学生課で事務処理を担当しています」

「大学って」

「T大のだよ。京極くんの母校、私が教鞭《きょうべん》を執っている学校さ」

朋久の質問に綾美が答える隙もなく、藤谷が口を挟む。

「そうなんですね」

「まじめで優秀な仕事ぶりだと、学校でも評判なんだ。京極くんの妻になったら献身《けんしん》的《てき》に支えられると親の私から太鼓判を押してもいいくらいさ」

押せ押せムードなのは娘ではなく藤谷のほう。昔から少々強引なタイプだと知ってはいたが、こういった形で強く迫られると閉口してしまう。

綾美も、父親からこんな調子で『誰か気になる人はいないのか』とせっつかれ、うっかり知っている朋久の名前を出したのではないか。止むに止まれず、ここまでついてきたのかもしれない。

朋久がそう察したそのとき。

「お父さま、娘自慢はやめて。恥ずかしいから」

小さい声ながらも、はっきりと綾美が藤谷を制する。意外としっかりしているのは、藤谷がたった今言った通りらしい。

「だけどな、お前が」

「私がきちんと自分で言います」

「おお、そうかそうか。それは悪かった。年寄りが口を出す場面ではないな」

凛《りん》とした様子で言い含められた藤谷は、肩をすくめて椅子に深く腰をかけなおした。

「京極さん、私と結婚してください」

彼女の唐突なプロポーズに驚いたのは朋久だけではない。父親である藤谷も、いつもおとなしい娘の大胆な発言に「は?」と声を漏らしたくらいだ。

しかし次の瞬間には、「いやぁ、よく言った！　わが娘ながらあっぱれ！」と隣に座る綾美の背中をトンと叩く。

そして――。

「京極くん、娘の心意気をぜひとも受け取ってくれないか」

さらに鼻息荒くまくしたてはじめた。

＊＊＊＊＊

近くのビストロでランチをとった菜乃花が、里恵と別れて弁護士会館へ寄ってから戻ると、ビルのエントランスに朋久が立っていた。

体格のいい年配の男性と若く美しい女性が一緒なのに気づき、とっさに太い柱の陰に隠れる。

ストレートの黒髪は艶《つや》めき、清楚な感じのする女性だ。菜乃花よりも年上だろう。とても大人っぽい。

(綺麗な人……。誰だろう。クライアントかな)

そのふたりが朋久に背を向けて歩きだす。

それまで笑みを浮かべていた朋久だったが、彼らが離れていくにつれ浮かない表情になった。

（朋くん、どうしたんだろう。――もしかして朋くんの……彼女？）

クライアントと捉えるのが普通かもしれないが、なぜかそのときはそう感じた。ある種の予感めいたものとでも言おうか。

朋久に恋人の存在がはっきりとあったのは、菜乃花が小学生から高校生にかけて。それも誰もがお人形さんのようにかわいらしいか、モデルや女優のように綺麗な人ばかり。

菜乃花では絶対に手が届かないポジションにいる彼女たちを羨ましく思うのと同時に、絶対に敵わないなと敗北感でいっぱいだった。

同居するようになってからは菜乃花に遠慮していたのか、本当は内緒で恋人がいたのかは定かではないが、恋人らしき人物の影を感じたことがない。

だけど朋久だって、いつまでもそうはいかないだろう。

先ほどの女性は恋人でないにしろ、一緒にいた年配の男性が取り持った可能性だってある。雰囲気から察するに、それが一番しっくりくる気がした。

朋久が浮かない表情をしたのは、同居している菜乃花をどうすべきか悩ましいからではないか。

先日充に朋久との関係性を指摘されてから、どうにも悪いほうへと妄想が膨らんでしまう。

どんどん遠くなっていくふたりの背中を呆然《ぼうぜん》と見送っていると、「菜乃?」と声がかかる。振り返らなくても、それが朋久だとわかってドキッとした。

(……見つかっちゃった)

笑顔を準備してから振り向く。

「京極先生、お疲れさまです」

「またその呼び方。むずがゆいからやめろ」

「でも、ここは職場ですから」

さっきのふたりのことを聞こうかどうしようか迷って視点が定まらない。もしも〝菜乃の言う通りだ〟と言われたらと考えると怖くて、なかなか勇気が持てなかった。

「菜乃」

「は、はい」

考え事をしている最中にいきなり名前を呼ばれて焦り、つい堅苦しい返事をしたが、朋久は特に気にも留めていない様子。いつもだったら『はいってなに』などと言いそうなものなのに。

朋久が真顔だったため、なんとなく緊張が走る。

「あとで話がある」

「……話？」

嫌な予感がした。さっきの光景と今の朋久の言葉が線で繋がる。

同期会のあとに車内で、朋久が『俺たち』と言いかけた話と同じではないか。あのときは朋久のスマートフォンに着信があり、そこで止まったまま、続きを未だに聞いていない。

「ああ」

「今ここじゃできないの？」

深刻な話なのかどうかを探りたくて聞く。

「帰ってから話すよ」

「帰って、から……」

やはりそうだと落胆せずにいられない。

「……うん、わかった。えっと……それじゃ私、仕事に戻るね」

ぎこちなく言って、朋久を置いてビルの中に入る。

（絶対にそう。そろそろマンションを出てもらえないかって言われるんだ）

社会人になって間もなく丸二年が経過する。『いい大人なんだからもう大丈夫だろう?』と言われたら、菜乃花だって首を横に振れない。子ども扱いしないでと普段から言い返しているのに、ひとりで住めないのは辻褄《つじつま》が合わなくなる。

頭を切り替えなければならないのに、その日は退勤するまで仕事があまり手につかなかった。

菜乃花が居候している朋久のマンションは、駅を中心におしゃれなショップやカフェ、レストランが数多くある街にある。便利な立地にもかかわらず、閑静で緑豊かな落ち着いた雰囲気が魅力だ。

フランスの有名デザイナーが監修した三階建ての低層マンションは夜、ライトに照らされてその美しさをいかんなく発揮する。

重厚感のある外観ファサードのやわらかな光を通るたびに心が満たされ、広いロビーは最上階までの吹き抜けが贅沢な空間を造っている。

初めて訪れたときには開いた口が塞がらないほど、その壮大な美しさに驚かされた。

商社勤めの父親を持つ菜乃花はごく一般的な家庭で育ったため、高級なものとは縁遠かった。朋久が大手の法律事務所の跡取りであることはわかってはいたが、想像以上に住む世界が違うのだと思い知らされたものだ。

しかし当時の菜乃花はまだ十七歳。弁護士ってすごい、くらいにしか考えられなかった。

今は違う。この世界は菜乃花がいていい場所ではないと、理解できる年齢になった。

エレベーターで三階まで上がり、部屋に入る。

午後七時。この時間、朋久はまだ帰らない。

先に食事の支度を済ませようとキッチンに立ったが、冷蔵庫を開けてもメニューがなにも浮かばず途方に暮れる。

体の動きは鈍いのに、心は忙《せわ》しなく揺れ動いたまま。

朋久に切り出される前に、自分から言うべきかもしれない。――ここを出ていくと。

キッチンで突っ立ちながらそんなことを考えていると、玄関が開く音がした。

スリッパの音が近づいてくる。

言おう。言わなきゃ。

そう考えて心臓が早鐘を打つ。

足音が間近まで迫り、意を決し振り返った。

「朋くん、おかえりなさい」

声をかけながら彼のいるリビングへ向かう。

ベージュの大理石の床に、二階分の高さがある天井から吊《つ》るされたモダンなシャンデリアが反射する。

「ただいま、菜乃」

うまく笑えているだろうかと心配で気持ちが落ち着かない。

朋久はいつもと変わらない様子でホワイトレザーのコーナーソファに脱いだジャケットを置いた。

「あのね、朋くん、私も話があるの」

「菜乃も？」

ネクタイを緩めながらソファに座った彼の隣に菜乃花も腰を下ろす。

朋久の目が〝先にどうぞ〟と言っているようだったため、遠慮なく自分から口火を切る。

「私、ここを出ていこうかなって」

「……は？」

朋久の動きが止まる。いきなり目つきが鋭くなり、叱られる子どもの気分だ。

「なに言ってんだ」

「ほら、私も春には社会人になって三年目になるし、いつまでも朋くんのところでお世話になるわけにはいかないなーって」

「……好きな男でもできたのか」

朋久の瞳がわずかに揺れた。

その言葉に過剰反応して心臓がどっくんと音を立てて跳ねる。今まさに目の前にその〝好きな男〟がいるため、視線が激しく泳いだ。

「菜乃？」

言葉に詰まる菜乃花に、朋久が顔をぐっと近づける。

「ち、違うよ、そうじゃなくて。今日、事務所のエントランスで朋くんが一緒にいた綺麗な女性って、もしかしたら朋くんの好きな人とか、紹介されてこれから付き合う人なのかなーなんて思って」

朋久に対する自分の気持ちが表れないように細心の注意を払いながら、できる限りライトな口調で言う。もちろん笑顔もつけ、そんな場面を見てもなんともないけれど、という空気も醸し出す。恋心を隠そうと必死だ。

「菜乃は察しがいいな」

やはりそうだった。

ぎゅっと握り潰されたように胸が痛い。しかし朋久の次の言葉が菜乃花に首を傾げさせる。

「一部分を除いては、だけど」

「え……?」

「大学時代にお世話になった藤谷教授とその娘。俺に娘さんとの結婚を勧めてきた」

「……それで朋くんはどうするの?」

息を詰めて尋ねる。全身に緊張が走って体が小刻みに震えるのが自分でもわかった。その女性との結婚を考えるのか否か。ドキドキと胸が張り詰める。

「断った」

「え……、断った、の?」

菜乃花がここを出ていく課題はまだ決着がついたわけではないが、朋久の言葉に安《あん》堵《ど》する。

「好きな女性がいるって嘘で切り抜けた。結婚も考えてるって」

「……嘘で?」

朋久に好きな女性がいなくてホッとする反面、自分もまったく眼中にないのだと軽く打ちのめされる。わかっていたくせに恋心とは厄介《やっかい》だ。

「だから菜乃にはここから出ていかれたら困る」

「意味がわからないんだけど」

朋久の嘘と菜乃花の同居が繋がらない。

「教授に今度その女性を紹介することになってるから、俺の婚約者として菜乃に会ってもらおうと考えてる」

「ちょっ、えぇっ⁉　私が朋くんの婚約者⁉」

素っ頓狂な声が出た。

「そう、結婚間近の。もちろん偽装だから心配するな」

朋久は教授の娘から突然プロポーズされ、とっさに結婚を考えている相手がいると嘘をついたという。ところが教授は縁談を断るためではないかと疑ったため、菜乃花を婚約者に仕立て上げたいらしい。

次々と畳みかけられて頭がついていけない。

予想外の展開に驚きを隠せず、激しく瞬きを繰り返して口までパクパクさせてしまう。間抜けな顔になっているのはわかったが、どうにも制御ができない。

朋久が自分と本気で結婚するつもりがないのはわかっている。それでも菜乃花にとって最高の栄誉である朋久の婚約者のポジションが目の前にいきなり差し出された。

輝かしいばかりの称号に目が眩《くら》んで天秤が大きく傾く。

彼が望むなら偽りでもいい。

そこまで朋久が好きなのだと改めて自分の気持ちを思い知った。

「だから菜乃にはここにいてもらいたい」

それが自らの嘘を真実にするためだとわかっている。

でも……。

切実な目をした朋久への菜乃花の答えはひとつ。

「……わかった」

「物わかりがいいな」

朋久が、ふんっといった具合に鼻を鳴らす。

「なんかエラそうなんですけど」

「冗談だ。サンキュ」

照れ隠しに不満を口にした直後にポンと頭を撫でられ、同時に鼓動もポンと弾む。

「け、けど弁護士なのに嘘なんてついていいの？」

弁護士だから私生活でも嘘をついたらいけないとは言わないが、偽りのポジションにたやすく喜ぶ自分を隠したくて、つい悪態をつく。

「やむを得ない。お世話になった恩師の手前、それしか手立てがなかったんだ」

「美人さんなのにもったいなくない？」

答えにヒヤヒヤするくせに、朋久の反応を確かめたいがために余計な質問をした。

『本当に美人だよな』と言われたら嫌なくせに。

あまのじゃくな一面に、もうひとりの自分が『そんなこと聞かなくていいのに！』

とツッコミを入れる。

「そうか？　菜乃のほうがおもしろい」

そう言いながら、朋久は菜乃花の頬を摘まんで引っ張った。

「おも、おも……もうっ、朋くん、ひどいっ。女の子におもしろいなんて言うものじゃないよ？」

「菜乃は女の子だったんだな」

「重ね重ね失礼だよ」

女の子だから結婚前提の婚約者役を頼んだのではなかったのか。

唇を尖らせ、顔でめいっぱい不満を表した。

しかし朋久は楽しそうにククと笑うばかり。菜乃花の頬をぷにぷに触って遊んだ。

「さて、腹も減ったしなにか食べよう。まだ作ってないなら一緒に作ろうか」

朋久は立ち上がってキッチンに向かった。

「朋くん、疲れてるでしょ？　私が作るから」

「俺はへなちょこな菜乃と違って無敵だからな」

「もう！　朋くん、ひどい。そんなふうに言うなら、婚約者なんて演じてあげないんだから」

膨らませた頬を彼に両手で潰される。すぼめた唇からぷぅと空気が漏れて出た。

「悪い、機嫌を直せ」

髪をわしゃわしゃと撫でられ、満面の笑みを向けられる。

それだけで許してしまう自分は、つくづく甘い。

ところが心がほわんと緩んだのも束の間、朋久が今度はいたずらっぽい目をして菜乃花を見つめた。

「婚約者なんだし、キスでもしておくか」

「なっ……、からかわないで！」

冗談にもほどがある。婚約者を演じるだけでもキャパシティオーバーなのに、キスなんてもってのほか。頬は熱くなるし、心臓はバクバク。にっちもさっちもいかなくなり、目があちこちに泳ぐ。

「からかってないって言ったら？」

朋久は顔をぐっと近づけ、試すような眼差しをしたため、ひと際胸が高鳴る。もはや限界と言ってもいいかもしれない。

口をパクパクとさせ言葉に詰まったが、これ以上動揺を見せたら好意がダダ漏れになってしまうと踏ん張った。

「本物の恋人じゃないからダメ」

なんとか強く突っ撥《ば》ね、回れ右をして体を反転させる。急いでキッチンに向かったため菜乃花は、朋久が残念そうにため息を漏らしたことには気づかなかった。

偽りからのレベルアップ

朋久に偽装婚約者を頼まれてから一週間が経過した。

ハートのロゴが巷《ちまた》に溢《あふ》れ、甘いムードに包まれるバレンタインデー間近。街を歩けば、必ずといっていいほど〝ハッピーバレンタインデー〟の文字を目にして、嫌でもその日を意識させられる。

「菜乃花は今年の義理チョコ、どうする？」

お昼時、休憩室でお弁当を広げて早々、里恵が向かいの席からかわいらしく小首を傾げる。

最初から本命を外して義理チョコを聞いてくるあたりは、菜乃花の恋愛経験が皆無だと知っている証拠だ。

「お店で手軽なものを調達する予定だよ」

この前、朋久と一緒に行ったミレーヌならセンスのいいものがゲットできるだろう。

入所して一年目だった昨年も市販のチョコを部署内にだけ配っていた。

「里恵は？」

「基樹くんに手作りをあげるから、そのおこぼれをラッピングして配ろうかな」

「おこぼれって」

思わずぷっと噴き出す。

「だって本命と同じものじゃおかしいでしょ？　残りの材料で簡単なものを作れば十分。菜乃花は今年も本命チョコをあげる相手、いないの？」

そう聞かれてパッと朋久の顔が浮かぶ。

「い、いないのは里恵が一番よく知ってるでしょう？」

仲良くしている彼女にも秘めた恋心は内緒。絶対的に叶《かな》わない恋だと憐《あわ》れんでほしくない。

「菜乃花の本命チョコを待ってる男の人は社内中にいっぱいいるのに」

「そんなわけないでしょう？」

冗談めかして食事に誘われたことならあるが、言い寄られた経験は一度もない。

「京極先生が菜乃花の背後で鋭く目を光らせてるから、みんな簡単にアプローチできないんだよ。そこらへんの父親より怖い保護者だもん」

「なにそれ」

クスクス笑う。朋久が聞いたら、その称号をどう思うだろうか。

「だって下手に手出しして、うっかり法で裁かれたりしたら大変でしょう?」

「どんな手を使うつもりなの——?」

法で裁かれるなんて、よほどでなければないだろう。普通に恋人同士になるくらい、朋久にとってなんでもないはずだ。むしろ、自分の手から離れてせいせいするのではないか。

「いや、たとえばの話。そのくらい難しい相手ってこと。簡単に許してくれなさそうだし」

「そんなことないよ」

今は偽物の婚約者という大事な役目を担っているから無理だとしても。

「京極先生には毎年あげてるんでしょう?」

「うん、まぁ……お世話になってるから」

バレンタインデーには毎年欠かさずあげているが、名目はいつだって〝義理〟だ。

本命なのをひた隠して。

チョコレートをあげていたのは朋久が十代の頃。甘いものが苦手な彼が成人してからはお酒一択である。

でも今年は曲がりなりにも〝恋人〟だから、いつもと違うものを贈ってみようか。

忙しい彼とはこの一週間、マンションでもあまり顔を合わせておらず、特別なことはなにもしていない。初日に『キスでもしておくか』とからかわれたきりだ。

ただ単に恩師に会うときに恋人だと名乗るだけだろうから、なにもなくて当然かもしれないが。

「京極先生は毎年すごい量のチョコもらうでしょう？」

「そうだね」

紙袋ひとつやふたつどころではない。一度に持って帰れないくらい膨大だ。

もちろん義理も混じっているだろうが、本命のものがほとんどだろう。高級ブランドの包みからして本気度がわかる。

中には緊張のあまり直接渡せず、菜乃花に『お願いします』と必死に頼み込んでくる女性もいる。

「今年もすごいだろうなぁ」

里恵の言葉に頷きながら、きんぴらごぼうを口に運ぶ。

「ところで京極先生にはお弁当を作ってあげたりするの？」

バレンタインデーから話が一気に家庭的なものに変わった。

「朋くんは外に出ることが多いから」

菜乃花が社会人になったときに『ひとり分もふたり分も同じだから作ろうか?』と提案したが、昼食の時間はまちまちだし食べられないこともあるからと断られた。

京極総合法律事務所に社員食堂はなく、お弁当を持参するか外に出る必要がある。菜乃花は週に一回程度外食するが、たいていは休憩室で里恵や同期たちとお弁当だ。

「〝朋くん〟だって。なんかいいねー」

里恵の前でも気をつけて〝京極先生〟と呼んでいるのにうっかり普段通りに呼んでしまい、慌てて口元を押さえる。

里恵は決してからかう感じではないが、私生活を晒《さら》したみたいでものすごく恥ずかしい。

「ねね、ここだけの話、京極先生とはそういう雰囲気になったりしないの?」

「そういう雰囲気って?」

いったいどういうものかと目をぱちくりさせる。

「男と女の」

里恵に言われて顔がカーッと熱くなった。

「ま、まさか!」

つい声のトーンが高くなり、近くにいる人たちの視線を浴びたため、「そんなのなるはずないでしょ」とボソボソ追加する。

「若い男女がひとつ屋根の下にいるんだもん。過ちがあってもおかしくないでしょ」

「私のことは妹としか思ってないよ」

それはもう悲しいくらいに。

「そうかなぁ」

でなければ、これまでになにかしらあっただろう。それがたったの一度もないのだから、家族と同じ目線だ。

婚約者のふりを頼んだのは、同居しているから手っ取り早いだけのこと。相手を納得させるには手堅い。

「そうだよ」

訝《いぶか》る里恵にもうひと押しして、ごま塩を振りかけたごはんを頬張っていると、テーブルに置いていた菜乃花のスマートフォンが着信を知らせてヴヴヴと振動しはじめた。

画面に表示されたのは充の父、廉太郎《れんたろう》の名前だ。

（おじさまだ。どうしたんだろう）

里恵にひと言断り、休憩室を出て少し歩いた場所にある自販機コーナーで応答をタップした。

「もしもし、おじさま、こんにちは」

《ああ、菜乃花ちゃん、久しぶりだね》

廉太郎から連絡をもらうのは数カ月ぶりだ。

「今日はどうしたの?」

《菜乃花ちゃんから預かってるあの家、そろそろ手放してもいいんじゃないかと思ってね》

菜乃花が高校生まで住んでいた自宅は現在空き家となっており、不動産業を営む廉太郎に管理を任せている。菜乃花もたまに空気の入れ替えのため出入りするが、まめに確認してくれているのは廉太郎である。

「うーん、だけど……」

《今なら好条件で売りに出せると思うんだ》

片づけるのが忍びなく、荷物はほとんどが出ていったときのまま。両親と暮らした家を処分したくはないが、廉太郎は以前から売却を勧めていて、その件でたびたび連絡してきていた。

「ごめんね、おじさま。やっぱりもうちょっとだけ」

いつかはそうする時期がくるのかもしれないが、両親との思い出も残っているし、今はまだ考えられない。
廉太郎からこういった連絡がくるたびに、菜乃花はうまくかわしていた。
《ところで菜乃花ちゃん、この前うちの充と会ったんだって？》
「あ、そうなの。街で偶然」
《充がうれしそうに話してたよ》
廉太郎の声も弾んで聞こえる。
《それでなんだが、菜乃花ちゃんは交際している相手はいるのかい？》
「え？　ううん、いないけど……」
唐突な質問に戸惑いながら答える。
《それなら、うちの充はどうだい？》
「えぇっ、充くん⁉」
まさかそんな話になるとは想定外で、頭の上から声が抜けていく。すぐ近くの自販機で飲み物を選んでいた女性が、その声に驚いて肩をびくっと揺らした。
「だけど充くんにそんな気はないと……」
六年ぶりに再会したばかり。彼にそのつもりはないだろう。

廉太郎は昔からひとり息子の充には過保護で、あれこれ世話を焼いていた。小中高とPTA会長を務め、息子のために動くのを生きがいにしているようなところがあるから、今回もその延長だろう。

息子が二十四歳になっても、かわいくてたまらないみたいだ。

《いやいや、最近ずっと菜乃花が菜乃花がって、菜乃花ちゃんの話ばかりなんだよ》

「……そう、ですか」

おそらく親が勝手に気を回しているだけ。久しぶりに会って懐かしいため、頻繁に名前があがるだけに決まっている。

《我が息子ながら、なかなかいい男だよ。まぁ気軽に考えておいてよ。じゃ》

「でも――」

言いかけた菜乃花の言葉は通話が切れたため遮断されてしまった。ぽつんと取り残された気分になる。

(……きっと世間話みたいなものよね。おじさまだって真剣に考えているわけじゃないだろうし)

ひと呼吸置き、菜乃花は気を取りなおして休憩室に戻った。

バレンタインデーを翌日に控えた夜、菜乃花はキッチンでこっそりスイーツを作っていた。

朋久から今夜は遅くなると連絡があったため、心置きなく広げられるのは助かる。料理はそこそこできるが、朋久がめったに食べないためスイーツはあまり作ったことがない。前もってネットで必死にリサーチし、〝サクサクコーヒーメレンゲ〟というクッキーを作ろうと奮闘中である。

チョコレートは使わず、朋久がよく飲むコーヒー味のうえ、砂糖も控えめだから大丈夫に違いないとの結論に至った一品だ。小麦粉ではなく卵白を泡立てたものを使うため口あたりも軽いらしく、スイーツ嫌いの朋久もひとつかふたつくらいなら食べてくれるだろう。

「よし、完成っと。どれどれ、お味はどうかな……」

オーブンから出したばかりのクッキーをひとつ摘まむ。

「熱っ」

まだアッツアツのそれを構わず口に入れると、サクサクと小気味いい音とともに口の中で溶けてなくなった。

「おいしい！　もう一個いっちゃおうかな」

自画自賛して、さらにひとつ口に放る。

(これならきっと朋くんも食べられそう。さてと、朋くんが帰る前に証拠隠滅しなくちゃ)

渡す前にばれたくない。もしも痕跡《こんせき》が見つかり、『俺はスイーツなんて食べないぞ』なんて言われたら水の泡だ。当日にいらないと突き返される可能性もなきにしもあらずだけれど。

顔を綻ばせてクッキーを飲み込み、急いで片づけはじめる。

洗い物を済ませてラッピングまで終えたとき、キッチンカウンターの隅に置いていたスマートフォンが軽やかな音を立てて鳴りはじめた。

朋久かと喜び勇んで手にしたが、見知らぬ番号からの着信だった。誰だろうと訝りつつ耳にあてると、すぐに向こうから声がする。

《菜乃花?》

「……あの、どちらさまで――」

《なんだよ、俺だよ、充。この前かけたのに登録してくれてなかったのか?》

充だった。前回話したあと、登録せずに放置していたことを今頃になって思い出す。

バレンタインデーのことで頭がいっぱいで、充に会ったのもすっかり忘れていた。

「ご、ごめんね。ちょっとバタバタしてて」

《今度はしっかり登録しておいてくれよ？》

あまり必要性は感じないが、「うん」とひとまず返す。

「それでどうしたの？」

《べつに用事はないけど、菜乃花の声が聞きたくなって》

「えぇっ？　どうして？」

聞き返したものの、廉太郎の言葉を思い出した。家で菜乃花の話ばかりしていると。

《どうしてって、この前久しぶりに会ったし、もっと話したいんだ》

意味深な発言をされて言葉に詰まる。上手な切り返しが見つからない。

数日前に廉太郎から妙な話をされたせいもあるだろう。

(困ったな、どうしよう……)

普段からこの手の話題はちょっと苦手だ。朋久に子ども扱いされるのは、そんなふうに慣れていないせいもあるのかもしれない。

《菜乃花は気づいてなかったと思うけど、昔、菜乃花のこと好きだったんだぞ？》

「す、好き!?　私を？　充くんが？」

大きな声で聞き返した。思いがけず過去の恋心を打ち明けられ気が動転する。

あくまでも昔話に過ぎないだろうが、想いを聞かされて戸惑わずにはいられない。

オロオロしていると、耳にあてていたスマートフォンが不意に菜乃花の手からすり抜けた。

(――えっ!?)

驚いて振り返ると、そこに朋久がいた。彼がスマートフォンを取り上げたのだ。

「朋くん？　あの……？」

状況がさっぱりわからずにいたら、朋久はそれを自分の耳にあて話しはじめた。

「充くん、ご無沙汰してますね。京極朋久です。覚えていますか？」

電話の向こうで驚いた充の声が漏れ聞こえてくる。明瞭ではないが、困惑しているのはたしかだ。

「今度お茶でもいかがですか？　……え？　いえいえ、菜乃も一緒ですよ。私とふたりきりがいいのであれば、もちろんそれでもかまいませんが。じっくりふたりで話すのもいいかもしれませんね」

言い回しは丁寧なのに、どこか機械的。抑揚のない口調は、まるで招かざる客を相手にしているよう。

そもそも朋久と充がふたりで会って話すことがあるとは思えない。

(朋くん、どうしたんだろう)

普段、誰に対しても紳士的な朋久にしては珍しい。

「申し訳ありません。菜乃はバスルームに行きましたので電話を替わることはできません」

(ええっ⁉　朋くん⁉)

菜乃花は朋久のすぐ目の前だ。

朋久の静かな眼差しが〝黙ってろ〟と菜乃花に命じる。

「……ええ、承知しました。お伝えします。では、失礼」

朋久にとっても充は顔見知り。それなのに事務的にそう告げてあっさり通話を切ると、菜乃花にスマートフォンを返した。

そのままバスルームに向かう朋久を追いかける。

「朋くん、なんで？　どうしたの？」

「ただいま」

「あ、うん、おかえりなさい。……って、そうじゃなくて」

軽く振り向いて肩越しに言った朋久に、しっかり挨拶を返してから話を戻す。

「ね、朋くん」

「脱ぐぞ」

「え？」

「菜乃も一緒に入るか？　俺はべつにいいけど」

朋久がニヤリと不敵な笑みを浮かべる。パウダールームの中にまで足を踏み入れていたことに気づき、急いで後ろにぴょんと飛びのいた。

「恋人なら、そのくらい普通だろう？」

朋久は肝心な部分を忘れている。菜乃花たちは〝偽り〟だ。

「は、入りませんっ」

菜乃花がいるのもかまわずに朋久がワイシャツを脱ぎはじめたため、顔が一気に熱くなる。

慌ててドアを閉めると、中からクスッと笑う声が聞こえた。

（もうっ……！）

朋久のおかしな様子に首を捻《ひね》りながら、ラッピングを済ませたクッキーを回収しにキッチンに向かった。

・

翌日、バレンタインデー当日――。

四月入所の新人向けの研修資料を作成するのは、菜乃花の仕事のひとつ。先輩弁護士による講義や演習、英語教育プログラム、ビジネスマナー講習など多岐にわたるため、その資料も膨大である。

入所までまだ一カ月半あるが、準備に早すぎることはない。

パソコンで閲覧する資料はギリギリでもなんとかなるが、紙ベースのものはひとり分ずつファイリングしておく必要があり、菜乃花は朝から忙しくしていた。

事務所内は普段となんら変わらないようでいて、注意深く観察するとどことなく浮き立っている。

昨年同様、菜乃花のところには『京極先生に渡してもらえますか?』と女子所員が何人かチョコレートを持ってきた。

里恵は仕事が終わったら城下とデートだと朝からご機嫌だ。

菜乃花も、例年とは少し違うバレンタインデーを前に少なからずソワソワしていた。初めてクッキーを作ったのもそうだし、形ばかりの〝恋人〟になったから。

お昼過ぎに朋久から【今夜は遅くならずに帰れそうだ】とメッセージが入ったため、余計に落ち着かない。

そうして帰宅した菜乃花は、早速夕食の準備に取りかかった。

今夜のメニューはチーズインハンバーグ。バレンタインデーっぽくハート形に成形したが、すぐに思いなおして楕円形に戻す。

(本物の恋人じゃないもんね。朋くんに、なんだこれと引かれたら嫌だし)

なにを勘違いしているんだと呆れられたくない。フェイクだと改めて釘《くぎ》を刺されたら、わかっていても傷つくから。

フライパンでせっせと焼き、コンソメスープまで完成したタイミングで朋久が帰宅した。——両手に紙袋をいくつも提げて。

「おかえりなさい。今年もたくさんだね」

ホワイトデーのお返しが大変だ。

「甘いものは苦手だって何度言えばわかってもらえるんだか」

「それを知っている人ばかりじゃないもんね。でも中にはスイーツじゃないプレゼントもあるんじゃないかな」

朋久がソファに置いた紙袋の中身を上から覗き込む。細長い包みはネクタイだろうか。ほかにもスイーツっぽくないものがちらほらあった。

「菜乃、あとで見ておいてくれ」

「せっかく心を込めてプレゼントしてくれたものを人任せにしたらダメだよ、朋くん」

中には義理もあるだろうが、一生懸命選んでくれた人に対して失礼だ。そのうちのひとつが自分のものだったら絶対に悲しい。

「へぇ、菜乃は優しいな」

「そんなことないよ。ただ自分に置き換えたら嫌なだけ」

とはいえ、その心が清廉潔白《せいれんけっぱく》とは言いきれない。たくさんのプレゼントにモヤモヤするのも事実だ。

それに、結局最後は甘いものが苦手な彼に代わって、菜乃花が食べる羽目になるのだけれど。

「ちょうどごはんができたから、着替えて手を洗ってきてね」

「了解。いい匂いだな」

その間にテーブルに料理を並べていく。

「お、ハンバーグか。俺、菜乃のハンバーグ、好きなんだよな」

「そうなの？」

そんな話は初めて聞いた。

「昔よく菜乃の家でおばさんが作ってくれただろう？　菜乃が作るのも、あれと同じ味がする」

えんじ色のリブニットと黒いスキニーに着替えた朋久が、テーブルに着きながら懐かしむ。

「ほんと？　お母さんのハンバーグは私も大好きだったから、同じって言ってもらえてうれしい」

ハンバーグから染み出た肉汁を使ったデミグラスソースは母直伝だ。

朋久の自宅には家政婦やプロの調理師がいて、いつだって洗練されたメニューを食べていただろうに、朋久は母の作る家庭料理をいつもおいしいと喜んで食べていた。

ナイフとフォークで切り分け、朋久が早速口に運ぶ。

「やっぱり最高だな」

「ありがとう」

うれしくて頬が緩みっぱなしになる。大好きな人に褒めてもらえるのは、なによりのご褒美だ。

そうして食べ進め、朋久の皿があっという間に空になる。おかわりをねだられて、ハンバーグをもうひとつ追加した。

「デザートになるかどうかはわからないんだけど」

食べ終えた皿をシンクに下げ、昨日準備した小箱をテーブルに置く。

「菜乃からのバレンタイン？」

「毎年お酒だけど、今年は作ってみたの」

「菜乃がスイーツを作るなんて珍しいな」

朋久はなんとなくウキウキした様子でリボンを解き、早速箱を開いた。

「クッキーか？」

「朋くん、チョコは苦手だからコーヒー味にしたの。お砂糖はちょっとだし、甘くないと思うんだけど……」

朋久は中からひとつ摘まみ、ポーンと口の中に放った。サクサクといい音がする。

「軽い感じがなかなかだな。うまい」

「ほんと⁉」

「ああ。コーヒーのほろ苦さが俺好みだ」

そう言って続けざまに食べる。

「よかったぁ。こんなの甘くて食べられるかって言われたらどうしようかと不安だったの」

うれしいし、ホッとひと安心だ。

「菜乃の作ったものを突き返すわけがないだろ」

「えー？　朋くんなら遠慮なくそうしそうだけど」

「俺はずいぶんと性格が悪いようだな」

「悪くないよ。ただちょっとSっ気があるだけ」

ちょっとかどうかは微妙だ。ときにグサッと突き刺さるひと言がある。

まぁ、たいていはふざけた言葉だから菜乃花も楽しんではいるのだけれど。

「それはきっと菜乃限定だな」

「えーっ、ひどい」

不満を口にしつつ、本音ではまんざらでもない。

自分以外に優しいのは素直に喜べないが〝限定〟はうれしいから。

そんなささやかな部分に幸せを見出して、これまで生きてきたと言ってもいいかもしれない。

「ところで、菜乃にひとつ頼みがあるんだ」

「頼み？」

改まってなんだろうか。

いったん立ち上がり、仕事用のブリーフケースからなにかを取り出して戻った朋久は、どこか真剣な様子でテーブルに封書を置いた。

そこから薄っぺらい紙を取り出し、テーブルの上に広げる。

(――えっ⁉ そんなものをどうするの⁉)

菜乃花は一瞬、自分の目を疑った。あまりにも意外なものを前にして言葉が出てこない。

「菜乃、これがなにかわかるか?」

「……わかるけど」

それをいったいどうするつもりか。

「ここに署名してもらいたい」

「どど、どうして?」

おかしなくらいに言葉がつかえ、目が盛大に泳ぐ。

朋久が菜乃花の前に滑らせたのは、婚姻届だった。本物の婚約者同士が互いにサインをする、あの婚姻届。

しかも夫となる者の欄には朋久の名前が少し癖のある綺麗な字で記され、押印もされていた。

「このくらいしないと納得するような相手じゃないんだ」

「……もしかして例の教授さんが?」

朋久は「ああ」と深く頷いた。

なんでも、自分の娘と朋久との結婚を強く望んでいるらしく、結婚前提の恋人を会わせたくらいでは納得しないという。あの日以降、『本当に恋人なんているのかね？』と何度となく電話が入っていたそうだ。

そこで朋久は、婚姻届にふたりのサインをして、証人欄に藤谷の署名をもらおうと考えたらしい。そのくらい真剣に交際している相手だと知らしめるために。

「もちろん、これを役所に提出するつもりはない」

朋久の言葉にがっかりするのは否めなかった。そこにサインをする以上、てっきり本気で届け出るものと考えたからだ。

（いっそのこと出してくれてもいいんだけどな……）

朋久の〝お嫁さん〟は小さな頃からずっと胸に抱いてきた夢だから。幼さに乗じて、彼にプロポーズしたこともある。

きっと朋久は記憶にもないだろうが、今の菜乃花では考えられない果敢さだった。

「……提出してもいいのに」

「え？」

心の声がうっかり漏れた。

「――あ、えっとその……署名した婚姻届だけで納得してもらえるの？　嘘が通用するのかな」

自分の気持ちが伝わらないよう必死に取り繕う。

朋久は菜乃花の目の奥をじっと見つめ、真意を探ろうとしているようだった。

「俺はいいけど、菜乃は平気なのか」

あまりにもあっさり了承されて肩透かしをくらう。

「私はその、……朋くんにお世話になってるから恩返しっていうか」

あくまでも気持ちはないとアピールする。朋久に重く捉えてほしくない。

姑息《こそく》な手段だと自覚しているが、二十年近く秘めてきた恋心が罪の意識を上回る。

「朋くんこそほんとにいいの？　書類上とはいっても私を妻にするんだよ？」

偽装のため、つい確認したくなる。

「俺は菜乃がいい」

「えぇっ⁉」

〝菜乃でいい〟ではなく〝菜乃がいい〟と、一文字の違いでたやすく心が弾む。

「朋くん、気はたしか？　そんなこと言うなんて……」

深い意味がないのはわかっている。偽装婚約者を頼んできたときと同じように、一緒に住んでいるから都合がいいだけ。

「手っ取り早いからな」

「ほんとひどいんだから」

「冗談だ。俺は……」

妙なところで朋久が言葉を止めるから、否応なく心拍が乱れる。

「……なに？」

我慢しきれず聞き返したが、「いや、菜乃となら楽しくやっていけるだろう」と軽く流された。

婚姻届をあっさり用意するくらいだから、たぶん結婚自体にこだわりがないのだろう。スタンプカードに判を押すのと同じ感覚に違いない。

でも、朋久が困っているのだから助けたいのはもちろん、教授の娘との結婚話が今すぐ進むのだとしたら阻止したい。たとえ自分との結婚が一時のことだとしても。

（いつか朋くんには私とは違う女性との未来があるんだろうけど……）

ここを出ていこうと決意したはずの心が簡単にぐらつく。いつまでも朋久のそばにいられないと考えた末に出した結論だったのに、彼から予想外の提案をされて呆気《あっけ》なくスタート地点に舞い戻った。

彼の本意ではない結婚を阻止するため、朋久のために協力するだけだと言いながら、本当は自分のためだと菜乃花自身も気づいていた。

朋久が差し出した万年筆を握りしめ、〝妻になる人〟の欄に名前を書いていく。

これは形式上のものだと言い聞かせるが、手は震える。

「おいおい、菜乃、大丈夫か？」

「なんか緊張しちゃって」

手元がぶれて、最後の〝花〟の文字だけやけに大きくなってしまった。

それでもなんとか書ききり、自室から印鑑を持ってきてしっかり押す。

ちょっとバランスが悪いのは気になるが、完成したものを朋久に手渡した。

「まあまあの出来だな」

「まあまあってなに」

「ともかくありがとう」

悪態をついたそのすぐあとに素直にお礼を言われてくすぐったい。普段からかわれてばかりだから、たったひと言の優しい言葉がものすごく身に染みてしまう。

「さんざんお世話になってるんだもん。朋くんのお役に立てるのなら」

歓喜のあまり手が震えるほど朋久が好きなくせに、それを隠すために、彼が恩人だからと理由づけて逃げた。自分の心の面倒くささに呆れる。

役所への届け出は教授の署名をもらい、朋久の両親に報告してからとなった。

「バレンタインのクッキーもサンキュ。大切に食べるよ」

「うん」

菜乃花がプレゼントしたクッキーと婚姻届を大切そうに抱え、朋久が自室に向かう。

リビングのソファには溢れるほどチョコレートが入った紙袋があり、あれはどうするのかなと考えながら、菜乃花は婚姻届にサインしたふわふわとした余韻にまだ浸っていた。

ニセモノ夫婦へのステップ

バレンタインデーが過ぎた最初の金曜日。

お昼を目前にして、菜乃花は新入所員研修の資料をまとめたブルーファイルを大きなダンボール箱に詰め込んでいた。

今年は二十名が入所予定で、初めて担当した昨年より五名多い。

「それ、どこに運ぶの?」

すべて詰め終え、ふぅと息をついていたら里恵が声をかけてきた。

「ひとまずそこの書庫かな」

研修がはじまるまで一カ月半近くあるから、それまでは邪魔にならないよう片づけておきたい。

「台車持ってこようか」

「ありがとう」

里恵は素早く席を立って台車を引いてきた。

「ところで今日は誰かとデート?」

「え？」

「いつもより洋服に気合が入ってるよね」

「そ、そうかな」

今日の菜乃花は、フィット感のあるカシミヤのニットに、華やぎをもたらすマーメイドスカートを身につけている。キャメルの濃淡でまとめたワントーンのコーデに、エレガントな黒のショートブーツを合わせた。

少しでも大人っぽく見えるように選んだ服装である。これに淡いグレーのノーカラーコートを羽織ったら、朋久と並んでも少しは幼さを抑えられるだろう。

「うん、なんか綺麗」

「ほんと？　うれしいな」

「で、どうしたの？」

「ううん、べつになにもないよ」

里恵とふたりがかりで台車にダンボール箱をのせ、首を横に振る。

「ええ？　いよいよ菜乃花にも彼氏ができたのか⁉ってニヤニヤしてたんだけど」

「か、彼氏なんてできてないからっ」

それを通り越して結婚相手だ。――それも偽りの。

「このフロア内でも男の人たちがチラチラ見てたよ」

里恵がこそっと耳打ちする。

「似合ってないからじゃなくて？」

「違うでしょ。かわいいなって」

「まさか」

菜乃花は朋久にだけでなく、この法律事務所内でも妹ポジションだ。同じ部署の男性たちからも、いつも穏やかな眼差しでニコニコと笑いかけられるのがなによりの証拠。決して女性に対する目ではない。

「無自覚ちゃんは罪だなぁ。この前のバレンタインだって、菜乃花が誰かに本命チョコをあげてないか、みんなしきりに気にしてたんだから」

「またまたぁ、そういう持ち上げはいらないから」

「私が菜乃花を持ち上げてどうするのよ」

たしかにそうだけれど。

「とにかくデートではありません」

これは本当だ。今夜は朋久の両親に会いに、彼の実家に行く予定になっている。――結婚を報告するために。

「へぇ、そうなんだ」

納得していない様子の口調のため、詮索に耐えきれず台車を押しはじめる。

「これ、置いてきちゃうね」

そそくさと里恵の前から退散した。

その夜、菜乃花は朋久の車で彼の実家へやってきた。訪れるのは今年の正月以来である。

高級住宅街の一等地に建つ豪邸は、優美な曲線を描いた白一色の外観がとても美しい。以前は菜乃花の実家があるごく普通の街に住んでいたが、三年前に新築してここへ引っ越してきた。

朋久には三つ年上の姉がおり、結婚して子どももいる。彼の両親と家政婦の三人で暮らすには、とても大きな仕様だ。

チャイムを鳴らすと家政婦が現れ、すぐにリビングに案内された。

今日は、ふたりのサインを済ませた婚姻届も持参しており、ふたつある証人欄のひとつを彼の父親に記入してもらう予定である。

六メートル近くもの開口部から太陽光を取り込める大きな窓は、午後七時を過ぎた今は夜の静けさを映し出している。

明るく落ち着いたトーンのカラーでまとめられた巨大なリビングには暖炉もあり、正月に訪れたときにはあまりにも心地よくて、その前でうたた寝をしてしまった。

朋久とソファに並んで腰を下ろし、いよいよだと気を引きしめる。

「そんなに硬くなるなよ。俺まで緊張するだろ」

「朋くんでも緊張するの？」

「あたり前だ」

たしかに少しだけ声が上ずっている感じはするが。

そんなやり取りをしているとリビングのドアが開き、彼の両親が入ってきた。

「おじさま、おばさま、こんばんは」

いったん立ち上がって挨拶する。

「話があるって言うからなんだと思ったら、なっちゃんも一緒だったのか」

「まぁ、なっちゃん、会うのはお正月以来かしら」

法律事務所のＣＥＯである彼の父、浩平には職場でもたまに会うが、母の寿々《すず》とは約一カ月半ぶりだ。

間もなく還暦を迎える浩平は黒々とした豊富な髪を整髪料できっちりまとめ、朋久が受け継いだ切れ長の目をしている。

浩平よりふたつ年下の寿々はワンレンの髪を顎《あご》のラインで揃え、目元のぱっちりした美人。朋久の通った鼻筋は母親譲りだろう。

「はい。その後、お変わりありませんか？」

「ええ、変わりないわ。なっちゃんはこの二カ月でぐっと大人っぽくなったんじゃない？」

「そうかな。なんか恥ずかしい」

「社会人になってもうすぐ二年だもの。女性が一番変わるときかもしれないわね」

ふたりからまじまじと観察されて居心地が悪い。家政婦が淹れてくれたお茶を勧められ、「いただきます」とすぐに手を伸ばした。

「それで話というのは？」

浩平に促された朋久が、菜乃花の隣で背筋を伸ばした。心なしか空気が引きしまる。

「じつは菜乃と結婚しようと考えてる」

一瞬の静寂がリビングを包み込んだ。そして数秒後――。

「なに、なっちゃんと？」

「まぁ！」

ふたりが同時に驚いた声をあげる。浩平は腕を膝に置いたまま前のめりになり、寿々は両手を口元にあてて目を丸くした。

「私たちの息子と娘は、いつの間にそんな展開になっていたんだい？」

両親を亡くしている菜乃花を娘として扱ってくれているのがありがたく、なによりうれしい。

「これまでずっと妹みたいなものだったんだけど、気づいたら菜乃をそう見られなくなってた」

隣の朋久に目を向けたら、嘘には見えない真剣な横顔だった。本気なのではないかと期待するほどの名演技だ。

偽装だと悟られないための嘘だとわかっていても鼓動がスピードを増していく。

「お互いに気持ちを確かめ合って結婚に行き着いたんだ。な？　菜乃」

突然話を振られてビクンと肩が揺れる。朋久をじっと凝視していたため不意に目が合い、その眼差しの優しさに今度は心臓が跳ねた気がした。

「う、うん。そうなの、おじさま、おばさま」

彼に頷いてから、浩平と寿々に顔を向ける。今度は菜乃花が演じる番だ。

「朋くんをずっと好きだったの。だから……」

つい本心が口をつき、意図せず感極まる。胸がいっぱいで演技どころでなくなった。

膝の上でぎゅっと握っていた手を朋久がそっと握る。優しく微笑まれた。

(そんな顔するなんて反則だよ……)

ドキドキが止まらない。

「だから父さん、母さん、俺たち結婚するよ」

「そうかそうか。これはまいったな。ふたりがそんな関係になっていたなんて」

「勝手なことをしてごめんなさい」

ふたりを困らせてしまったのではないかと菜乃花が慌てて謝る。

「謝らなくてもいいのよ。私たちはうれしいんだから。ねえ、あなた」

「ああそうだとも。なっちゃんが本当の娘になるんだからね」

手放しで喜んでくれているふたりを前にして、今さらながら罪の意識が芽生える。

歓迎してもらっているからこそ嘘をついているのが申し訳ない。

「天国のふたりも喜んでいるだろうよ」

亡くなった両親を引き合いに出され、罪悪感が輪をかける。

とっさに朋久を見たら、わずかに揺れた菜乃花の心の動きを察したように頷いた。

——大丈夫だ。心配いらない。

そう言われた気がして、後ろに流されそうになった気持ちが引き返してくる。

(大丈夫。そうだよね。だって私は朋くんのそばにいられる権利をもらえたんだもん。お父さんとお母さんも、きっと喜んでくれてる)

微かに下がった口角を上げ、浩平と寿々にめいっぱい笑いかける。

「おじさま、おばさま、許してくださってありがとう。ふつつかものですが、よろしくお願いします」

手を揃えて頭を下げた。

「なっちゃんはふつつかなんかじゃないわよ」

「そうだとも。朋久のようなわがままな男に嫁いでくれるっていうんだから」

「そうよ、こんなにかわいらしいお嫁さん、そうそういないわ。朋久にはもったいないくらい」

うれしすぎる言葉をもらい、胸がいっぱいになる。

この場に自分の両親がいたらよかったのにと思わずにはいられない。

「俺が貶《おとし》められてるのは気のせいか?」

朋久が不服そうに口を挟む。

「あらっ、そうだったかしら」

「気のせいだろう。ハハッ」

笑いが起こり、京極家のリビングが賑やかな空気に包まれる。

幸せなひとときに菜乃花も束の間、偽装結婚であるのを忘れてしまうほどだった。

「それで挙式はどうするんだね？」

「とりあえず入籍だけ先に済ませて、落ち着いてからでもいいかと考えてる」

「まぁ今どきは式を挙げないカップルも多いとは聞くが、やはりひとつの儀式だし、しっかり結婚式は執り行ったほうがいいんじゃないか？」

「なっちゃんだってウエディングドレス、着たいでしょう？」

寿々に問いかけられ、言葉に詰まる。

もちろん着たい。大好きな人の隣で憧れのウエディングドレスを着られたらいいなとは思う。朋久のお嫁さんがずっと夢だったから。でも……。

朋久をチラッと盗み見て助けを求める。

多くの人から祝福を受ける場は、偽装結婚するふたりには不釣り合いだろう。参列する人たちにも失礼だ。

「それはまたふたりでゆっくり考えていくよ。なぁ菜乃」

朋久に結婚式をしたいなんてわがままは言えない。入籍して紙切れ一枚だけの夫婦になれれば万々歳だ。

「うん。おじさま、おばさま、結婚式のことは心配しないで」

明るく答えてにこっと笑う。

「寿々、そのへんは当事者たちに任せるしかないだろう」

「そうね」

「父さん、母さん、ありがとう」

その後、浩平たちと夕食をともにし、婚姻届の証人欄に署名をもらい、菜乃花たちは実家をあとにした。


二日後の日曜日の午後、この結婚の発端となった朋久の恩師である藤谷に会うため、菜乃花は朋久とともに待ち合わせ場所に向かっていた。

高級として名高い外資系ホテル『エステラ』のエントランスで車を降り、バレーサービスに託す。

ついに本番。菜乃花の演技力がなによりも試される場である。

「緊張するね」

「リラックスリラックス。いつもの菜乃でいいから」

そうは言うが、朋久の手が腰に回されている状況では平常心でいるほうが難しい。男の人と密着して歩くこと自体が初めてなのだから、その相手が朋久では失神レベルと断言できる。恋愛の経験値がゼロのため、朋久の恋人としてどう振る舞ったらいいのか未だにわからない。

藤谷との約束は一階にある『光風堂《こうふうどう》』という老舗の和菓子カフェだった。

店内に入ると、先に到着していた藤谷が朋久に気づいて手をあげる。店のスタッフに案内されたテーブルにいたのは藤谷ひとりではなかった。

「藤谷教授、こんにちは。綾美さんもいらしてたんですね」

隣にはこの前事務所ビルにいた美しい女性、藤谷の娘が座っていた。

「そうなんだ。娘もぜひにとね」

「こんにちは。京極さんのフィアンセと会うと伺ったので、私もお会いしたくて」

彼女の視線が腰に回されている朋久の手から、菜乃花の顔に移る。穏やかに微笑んでいるようで目は笑っていない。

「は、はじめまして、若槻菜乃花と申します」

「ほう、キミが京極くんの」

藤谷の目線が朋久と菜乃花の間を何度か行き来する。悪意は感じられないが、見定められているようで落ち着かない。

「ともかくふたりとも座ってくれたまえ」

「失礼します」

朋久が引いてくれた椅子に腰を下ろす。スタッフに注文を聞かれ、朋久と一緒にメニューを覗き込んだ。

色鮮やかな和菓子が並んでいるため、本来の目的を忘れてつい心が弾む。藤谷と綾美の前にも、すでに和菓子がひとつずつ並んでいた。

「なにか食べたいって顔だな」

そう聞かれたが、無邪気にうんとは言えず、唇を引き結ぶ。

ところが朋久はそれを察し、「これなんかいいんじゃないか?」と、まん丸の黄色い練りきりに白いうさぎがかたどられた〝月のうさぎ〟と名づけられた和菓子を指差す。まさに菜乃花が気になった一品だ。

「これをひとつとコーヒーをふたつお願いします」

朋久は菜乃花の返事を待たずに注文を済ませたが、ささやかな優しさがうれしい。

「ずいぶんお若いようだけど、おいくつなんだい?」

「あ、はい……二十四歳です」

緊張のため声が上ずる。

「では京極くんとは八歳離れているのか。おや？　もしかして……」

なにか閃《ひらめ》いたのか、藤谷が目の奥を光らせる。

「七年前から一緒に暮らしている幼馴染みです」

「やはりそうか」

朋久の言葉に藤谷は大きく頷いた。

「たしかそんな娘さんと一緒に暮らしていると言っていたね」

「引き取っていた幼馴染みの方とご結婚を……？」

藤谷のあとに綾美が続ける。朋久に問いかけているというよりは、独り言のようだった。

「教授にはご報告が遅くなり大変申し訳ございません」

朋久がまっすぐ腰を折ったタイミングで、注文していたコーヒーと和菓子が運ばれてきた。写真通りのかわいらしいフォルムだ。しかし今はスイーツを前にして浮かれている場合ではない。

朋久は一緒に置かれたシュガートレイから角砂糖をひとつ、さりげなく菜乃花のカップに入れた。甘党のため、もうひとつ入れたいが、そう言い出せる空気ではなく、手を伸ばしかけて引っ込める。

「もうひとつ、いるか？」

菜乃花がまごついていることに気づいた朋久が、小声で聞いてきた。

「ありがとう」

「和菓子も食べるのに、さらに甘くするのか？　太るぞ」

いつものように朋久にからかわれたが、藤谷と綾美から強い視線を感じたため委縮して言い返せない。

「……本当に彼女と結婚するんだね？」

藤谷が念を押すように確認する。

もしや兄と妹以前に、親子のような幼いやり取りに見えてしまったか。

彼が疑り深いのは本当らしい。嫌みっぽい感じはないが探るような目を向けられ、菜乃花は耐えきれずに俯《うつむ》いた。

「ええ」

「綾美との縁談を回避するためのでまかせではなく？　いや、失礼なことを言うようで悪いが、一カ月ほど前に会ったときにはそんな話などしていなかっただろう？　ずいぶんと急だね」

藤谷の言葉にヒヤッとする。嘘だとわかっているみたいに自信満々だ。綾美も懐疑的なのか、父親に同調するように頷く。

しかし冷静な朋久は、このときとばかりに用意していた婚姻届をテーブルに置いた。

「でまかせでここまで用意はしません」

藤谷と綾美が揃って息をのむ。さすがにそれを出されるとは予想もしなかったのだろう。やはり準備して正解だった。

「ふたりのサインはもちろん証人欄に父の署名ももらっていますので、教授にもご署名いただけないでしょうか」

「だが、婚姻届の準備くらいなら嘘でもできるだろう」

まだ怪しんでいるらしい。一瞬怯《ひる》んだかに見えた藤谷だったが、気を取り直したように鷹揚《おうよう》に微笑みながら椅子の背もたれに体を預けた。

「では入籍後の戸籍謄本をお持ちしたら信じていただけますか？」

藤谷は「戸籍謄本？」と繰り返し、しばらく逡巡《しゅんじゅん》したあと。

「さすがにそれだったら信じる以外にないだろうね」

「では、入籍を済ませましたら、改めて教授にご提示いたします」

「職業柄、そういった偽装をたくさん見てきたものだから、つい疑って申し訳ないね、京極くん。娘の希望をできるだけ叶えてやりたい親心をわかってもらえるとありがたいよ」

ここまでされてもなお、朋久を娘の結婚相手にしたいと盲目的に願う藤谷に菜乃花は当惑を隠せない。

（結婚は、お互いの気持ちがあってこそ成り立つものなのに）

そう感じた直後に、偽装結婚をしようとしている自分に藤谷を責める資格はないと考えを改めた。

結局、藤谷には署名をもらえず、婚姻届はまだ完成していない。娘の好きな男がべつの女性と結婚するための書類にサインなどできないと断られたためである。

後日、朋久が雅史に署名してもらうことになり、和菓子を堪能《たんのう》した菜乃花たちはホテルをあとにした。

朋久と菜乃花の結婚というセンセーショナルな話は、三日後の水曜日のお昼には京極総合法律事務所内を駆け抜けた。

朋久とは、所内のみんなには入籍を済ませてから報告しようと決めていたため、いったいどこから漏れたのだろうと不思議だったが、その答えはすぐに見つかった。

ＣＥＯの浩平から内線電話で呼び出され、菜乃花が彼の部屋に駆けつけると、そこに先客としていたのが朋久だった。

ソファに座るように勧められ、朋久の隣に腰を下ろすや否や――。

「私が悪かった。この通り謝るよ」

浩平から唐突に謝罪され、朋久と揃ってポカンとする。

「いったいなんの話？」

朋久の問いに菜乃花も同調する。

「いやぁ、じつはうれしくてついお前たちの結婚話をぽろっと出したら、それがまたたく間に広まってしまったんだよ」

菜乃花は朋久と顔を見合わせた。

「噂のソースはここだったのか」

とはいえ、ほかに考えられる出所はないに等しい。ふたりの結婚を知っているのは、朋久の両親と藤谷親娘だけだ。

浩平によると、今朝出勤してすぐ、弁護士のひとりに『ずいぶんとご機嫌じゃないですか』と言われ、口を滑らせて『じつは……』と話してしまったらしい。

「ちゃんと口止めしたんだがな」

浩平は困ったように頬をポリポリかいた。

「弁護士が揃いも揃っておしゃべりなのはどうなんでしょうね」

軽く釘を刺す朋久だが、本気で怒っているわけでもなさそうだ。わずかに笑みが浮かんでいる。

「めでたいニュースなんだからいいじゃないか」

「開きなおりですか」

「まぁまぁ」

浩平は朋久に向かって宥《なだ》めるように手を振り、「ところで」と話を続けようとする。

「入籍はいつ頃を考えているんだね？」

「今日の夕方、菜乃とふたりで出してこようと考えてる」

昨夜、朋久は雅史に証人欄への署名をもらっている。

偽装はふたりだけの極秘事項。雅史にも内緒のため、朋久が菜乃花との結婚話をしたときの彼の驚きぶりは相当だったようだ。

しかし、それもそうだろう。菜乃花の母の墓参りのあとに会ったときには、まったくそんな素振りがなかったのだから。

彼の反応をもっと詳しく聞きたかったが、朋久になんとなくはぐらかされた。

「いよいよ、なっちゃんが本当に私の娘になるわけだな」

感慨深く菜乃花を見つめ、満足そうに微笑む浩平を前にしてチクンと胸が痛む。お世話になっている朋久の両親を騙《だま》している罪悪感は、どんな理由を並べてもなくなりはしない。

「はい、どうぞよろしくお願いします」

「今度四人でお祝いしようじゃないか」

「ありがとうございます」

にこやかに笑いかけたら、浩平は顔をくしゃくしゃにして頷いた。

「ではＣＥＯ、私たちはそろそろ職務に戻ります」

突然仕事モードに切り替え、朋久が立ち上がる。

「忙しいところ呼び出してすまなかった」

ご機嫌な様子の浩平に見送られ、菜乃花たちは部屋をあとにした。


その日のお昼、菜乃花は里恵に外食に連れ出された。

お弁当は持参していたが、ふたりの結婚話で所内が騒然としているため、休憩室で食べてはいられないだろうと彼女が気を回してくれたためだ。

やってきたのはお馴染みのビストロ。案内されたテーブル席に腰を落ち着け、ふたり揃ってオムライスを頼んだ。

「あの京極先生と菜乃花が結婚なんて、まだ信じられないんだけどー」

里恵は興奮冷めやらぬ様子でウエットティッシュの封を開け、手を拭いつつ続ける。

「でも、私には先に教えてくれてもよかったんじゃない？」

「ごめんなさい」

その点については謝る以外にない。

「言い訳に聞こえるかもしれないけど、今日話そうと思ってたの」

里恵には所内に公表する前に打ち明けようと考えていたが、予定外に知れ渡ってしまった。まさに今日のランチで話そうとしていたら、こんな事態だ。

「だけど、ほんの少し前まで付き合ってもいなかったでしょう？　それとも内緒にしてただけ？」

「ううん、付き合ってなかったよ」

今だって、そうではない。

「それじゃ、どうしていきなり結婚なんて？　政略結婚ってわけでもないだろうし」

両親をとっくに亡くしている菜乃花は政略的に結婚する必要性はないし、朋久にも菜乃花との結婚で得られる利点はない。

「今まで近くにいすぎて気持ちに気づかずにいたんだけど、バレンタインデーのときにお互いに気づいたというか……」

朋久が両親に説明したときのように無難に理由づけする。

本当は幼い頃から朋久を大好きなことも、べつの女性との縁談回避のための偽装結婚であることも、菜乃花の胸の中に閉じ込めた。

「まぁね、京極先生みたいに容姿も性格も社会的地位も申し分のないパーフェクトな人のそばにいて、好きにならないほうが無理だけどね。現に、そばにいなくたって狙ってる女性たちはわんさかいるわけだし」

問題はそこだ。

いつかみんなの耳に入るのはわかっていたが、こんなにも早いとは想定していなかったため、心の準備が全然整っていない。——結婚も似たような状況だけれど。

騒然とした所内のあちらこちらから好奇の目を向けられ、菜乃花は顔を上げて歩けなかった。好意的なものならまだしも、中には〝どうしてあの子が〟というものもわずかながら混じっているのがつらい。

妹として認定されていたため、裏切られたように感じている人もいるはずだ。

「だけど、収まるところに収まったなって私は思ったよ」

「え？　どうして？」

オムライスを運んできたスタッフに「ありがとうございます」と返しつつ、里恵に問いかける。

「赤の他人が七年近くも一緒に暮らしていたら夫婦も同然じゃない？」

「そう、かな……？」

それらしい雰囲気はまるでない。

「これまでなにもなかったのがおかしいくらい」

ところが今現在もなにもない。つまり里恵に言わせると、菜乃花たちは滑稽《こっけい》な関係になる。

「まぁそれはともかく、菜乃花、おめでとう」

「ありがとう、里恵」

「私に黙っていたのは、ここのパンケーキで勘弁してあげる」

「ふふ、わかった。それじゃ私も」

店のスタッフを呼び、注文を済ませた。

午後四時過ぎ、婚姻届を出すために菜乃花は朋久の運転する車に乗っていた。

数十分後、いよいよ菜乃花は朋久の妻になる。

そう考えると落ち着かず、わけもなくバッグの中身を確かめたりスマートフォンを取り出してみたり、ソワソワしてかなわない。

「少し落ち着けって」

菜乃花の挙動不審ぶりに気づいた朋久が笑う。

「いよいよ結婚するんだと思ったらじっとしていられないの」

いつもと変わらない冷静な朋久とは対照的だ。彼にとって結婚はそれほど重くないのかもしれない。

それこそ訴状を提出するのと同じで、どこか他人事感覚で婚姻届を出すのだろう。

もちろん訴状だって軽々しいものではないが。

名字が変わる菜乃花と違い、朋久自身にはなんの変化もないせいもあるに違いない。

気持ちが伴っていないから余計だ。

「朋くんは全然へっちゃらだもんね」

つい嫌みっぽくなる。

「そうだな。法廷に立つより気が楽だ」

「自分の結婚なのに？」

他人でなく、自分の大切な人生だというのに。

「相手が菜乃花だからな」

「それって、私程度じゃ緊張もしないってこと？」

たしかに恋焦がれた相手との結婚ではないかもしれないが。

「バカ、違うよ」

「バカなんてひどい」

「今のは愛情を込めた言葉だからいいんだ」

「……愛ってなに」

これまでまったく登場してこなかった〝愛〟をいきなり持ち出されて動揺せずにはいられない。

「わからないならいいよ」

「やだ、なに？　教えて」

朋久が菜乃花を女性として愛しているはずはないから、家族愛みたいなものだろうが、もしかしたらという期待も少なからずある。

「区役所に到着したから、また今度な」

駐車場に車が停められ、朋久がエンジンを切る。結局は適当にあしらわれて終わってしまった。

その後、届出は役所に無事受理され、菜乃花は正真正銘、朋久の妻になった。

偽装だけで済ませる予定が、本物の夫婦に。

心は伴っていないが、夢のようなポジションに心が浮き立つ。

この結婚が終わるのは、朋久に愛する女性ができたとき。それまでは見せかけだけでも彼の妻でいられるのだから、精いっぱい楽しもうと密かに誓った。


「入籍した日だっていうのにひとりにして悪いな」

区役所で婚姻届を提出したあと、寄り道せずまっすぐ帰ってきたマンションのエントランス前に車が到着する。

朋久はこのあと、また仕事に戻らなくてはならない。藤谷への入籍の報告は、戸籍が反映してからになるだろう。

「結婚しても私たちはなにも変わらないんだもん。朋くんは気にしないで」

それは強がりで、本音では少々寂しいのは内緒だ。

「……なにも変わらない、か」

「ん？　なにか言った？」

シートベルトを外す動作に気が逸れていたため、朋久がボソッと呟いた言葉ははっきり聞き取れず尋ね返す。

「いや」

小さく鼻を鳴らし、菜乃花に手を伸ばし頬を軽くくすぐった。

そんなことをされるとは予想もせず、つい体をドアのほうに寄せて逃げ腰になる。

「これでも一応夫だぞ？　逃げるなよ、傷つく」

「ごめ……、ちょっとびっくりしちゃって。……ていうか、朋くんでも傷つくんだね」

悪態をついてごまかす以外にない。

「あのな、俺をなんだと思ってる」

今度は頭をコツンと小突かれた。

不満そうに眉根を寄せる顔でも素敵なのは変わらないため、ドキッとさせられる。

「じゃ、降りるね。気をつけて」

そそくさと車を降りてドアを閉めた。すると、すぐさま助手席のパワーウインドウが下がり、朋久の声が追いかけてくる。

「なるべく早く帰るようにするよ」

「はい、いってらっしゃい」

プッと軽くクラクションを鳴らし、車が遠くなっていく。

「さてと、せっかくだからごちそうでも作って待とうかな」

騒がしくなった心臓を宥めすかせる。

いったんマンションに入ろうと足を向けたが、買い物をしてこようと方向転換した。


スーパーで悩みに悩み、今夜のメニューはチラシ寿司に決めた。それだけでは足りない気がしたため、大根と鶏手羽元の煮物と茶碗蒸しも作ってある。

我ながら、稀《まれ》に見るごちそうだ。

器に酢飯を盛り、錦糸玉子やレンコンやきぬさや、ムキエビやイクラを散らしていく。最後に桜でんぶをトッピングし、色鮮やかなチラシ寿司が完成した。

「これで完璧っと」

時刻は午後八時を過ぎたばかり。そろそろ帰ってくる頃かと手を洗っていると、タイミングよく玄関が開く音がした。

ついウキウキと出迎えに行こうとしたが、新婚っぽいシチュエーションは鬱陶《うっとう》しがられるかもしれないと、足を止めた。

すぐにリビングに現れた朋久に、キッチンから「おかえりなさい」と声をかける。

「ただいま。遅くなって悪かったな。これ」

朋久が、手にしていた白い箱を突き出した。

「もしかしてケーキ⁉」

そのフォルムはまさしくそうだろう。お墓参りの帰りに寄ったミレーヌのロゴが書かれているから間違いない。

うれしくて弾むように彼のもとへ急ぐ。

「ありがとう、朋くん」

ところが菜乃花が伸ばした手は空を切り、箱を掴み損ねた。

「玄関で出迎えてもらえなかったから、やっぱりあげるのはよそうか」

意地悪な顔をして箱を高く持ち上げる。

「そんなぁ！　だけど、新婚みたいにしたら朋くんは嫌じゃないの？」

ぴょんと跳ねたが、手は届かない。

「菜乃がそうしたいなら付き合ってやってもいい」

「なんで上から目線？」

「じゃあこれはいらないな。俺が全部食べる」

「ひどーい。本当は朋くんが新婚っぽくしたいんでしょう」

そもそも朋久は甘いものが苦手ではないか。

口応えのつもりだったのに朋久が口をつぐんで目を泳がせるから、次の出方に困る。

「……なんかいい匂いがする」

不意に朋久は鼻をクンクンとさせた。

「あ、うん。一応記念日だから腕によりをかけました」

話を逸らされた気もしたが、ケーキの争奪戦はひとまずおいておき、菜乃花はキッチンに向かってパタパタとスリッパの音を響かせる。見て見てと朋久に向けてチラシ寿司の器を持ち上げた。

「お、うまそうだな」

「それから煮物も茶碗蒸しも」

上手に描けた絵を自慢する子どものようにニコニコ顔で腕自慢する。

「すごいごちそうだな」

「でしょう？　がんばっちゃった」

「早速食べよう。手洗ってくる」

とっさだったのか、朋久は手にしていたケーキの箱を菜乃花に手渡した。

「あ、これ、いいの？」

「あたり前だ。全部菜乃に買ってきたんだから」

朋久はそう言いながらパウダールームに入っていった。

なんだかんだと意地悪をするが、結局優しいからずるい。同居してからは、ずっとこの繰り返し。嫌いになれたらいいのに、そんな気配はまったくない。

形だけの夫婦になり、ますます彼から逃れられなくなってしまった。

(ほんとトホホだよ)

この先どうなるのか、考えると不安になる。

食後のデザートにしようと、ケーキの箱をテーブルの端に置いて、取り皿とフォークも準備した。

着替えて戻ってきた朋久はワインセラーからスパークリングワインを取り出し、菜乃花の向かいに腰を下ろす。コルクを抜き、ふたつのグラスに注いだ。

「ありがとう」

淡い麦わら色のワインの中に美しく細かな泡が立ち上る。

「じゃ、乾杯といくか」

朋久がグラスを持ち上げた。

「なにに乾杯する？　偽装夫婦がばれませんように？」

「いや、ふたりの未来に」

「なんかクサい」

「お前な、クサいはひどいだろ」

菜乃花がぷっと噴き出すと、目を細めた朋久に睨《にら》まれた。

「ごめんごめん」

「ともかく、俺のわがままに付き合ってくれてありがとう」

「朋くんが素直にお礼なんて」

憎まれ口がデフォルトの朋久から面と向かってお礼を言われると照れくさい。

「だけど俺の嘘に付き合ったせいで、菜乃は姓が変わったんだぞ」

「そうだけど……。朋くんだからいいよ」

最後のひと言はボソボソと呟いたため、彼には聞こえなかったようだ。

「なに？」

「ううん、なんでもない。でもこれで朋くんには大きな貸しを作れたし、今度は私のわがままを聞いてもらおうかなー」

さんざんお世話になっている朋久に本気でそうしてもらうつもりはなく、あくまでも冗談めかして笑い飛ばす。

口をつけたワインは爽やかな口あたりだった。

朋久は「いただきます」と早速チラシ寿司を口に運ぶ。

「どうかな……?」

「うん、うまい」

続けざまに煮物にも箸を運び、「菜乃は料理上手だな」と褒めてくれた。

「よかった。ありがと」

これまでも料理は作ってきたが、入籍初日の褒め言葉はまた格別だ。「菜乃」

不意に名前を呼ばれて、大根を箸で切り分けながら「ん?」と目だけ向ける。

「デートするか」

「デ、デート⁉」

唐突に誘われ、目を見開く。手元が狂って、大根が器から飛び出した。

「おいおい大丈夫か?　そんなに大きく開いたら目が落っこちるぞ」

「だってデートって」

そんなふうに連れ出された記憶は菜乃花にない。

「いろいろ面倒かけたから特別な。……嫌ならべつにいい」

「ち、違うの！　ただびっくりしちゃって」

憮然とする朋久に急いで訂正しつつ、慌てて大根を皿の端にのせる。デートなんて想像もしていなかった。

「菜乃は俺の妻だろ。夫婦ならデートは普通だ」

「それは戸籍だけで……」

「気が乗らないのなら無理にとは言わない」

「ううん、そうじゃなくて」

急いで首を激しく横に振る。

朋久は単にお礼のつもりで誘っているのだろう。でも、朋久とどこかに出かけられるのは同じ。彼の妻として出歩けるのだ、喜ばしいではないか。お礼だろうとなんだろうとデートを楽しめばいい。

「じゃ決まりだな。どこに行きたいか考えておいてくれ」

「どこでもいいの？」

「菜乃が行きたい場所でいいよ」

好きな場所に文句なしに朋久と行けるなんて夢のよう。

（どこがいいかな……）

早くもワクワクしながらいろいろと思い浮かべる。

朋久はあっという間にチラシ寿司を平らげ、大根と鶏手羽元の煮物はおかわりするほど気に入ったらしく、普段以上の箸の進み具合だった。

菜乃花は例のごとく「太るぞ」と朋久にからかわれながら、彼が買ってきてくれたケーキをふたつ平らげた。

観覧車マジックとキス

朋久と入籍してから一週間が経過した。

生活はほぼ変わらず、もしかしたら結婚は夢だったのではないかと疑うくらいに変化がない。もともと形式だけのものだから、甘い雰囲気が訪れるはずもないのが悲しいところだ。

ただひとつだけ変わった点といえば、朋久が帰ってきたら玄関でおかえりなさいと出迎えるくらいだろうか。そこだけ切り取ったら新婚家庭のようだが、現実はそう甘くない。

どうせならハグくらいしてくれてもいいのにと彼に念を送るが、毎度目を逸らされておしまいだ。

当然ながら寝室は今まで通りべつ。まさに偽装そのものと言える。

地下鉄の改札口を抜け、閉塞感のある地下から地上に出る。三月に入ったばかりの街はまだ春が遠く、冷たい北風に吹かれた枯葉が歩道を舞っていた。

「京極さん、……京極さん。……もうっ、菜乃花ってば！」

痺《しび》れを切らしたような声をかけられると同時に後ろから背中をトンとされた。

「里恵か、びっくりした」

「何度も〝京極さん〟って呼んでるのに気づかないんだもん」

「ごめん。まだ慣れなくて。でも、職場では旧姓のままだから」

所内では旧姓のまま働いている女性が比較的多い。菜乃花の場合も同じ所内にいる弁護士が夫であるため、そうしている。

「新婚生活はどう？」

それは最も返答に困る質問だ。

「特別どうっていうのはないけど……」

「ま、これまでも一緒に暮らしてたんだもんね。変わらないといったらそうか。でも、あの京極先生が旦那さまなんだよ？　同居人とではすごい違いだよね」

言葉にするとまったく違うが、悲しいくらいに中身は以前と変わらぬままだ。夢にまで見た妻のポジションに浮かれていたのは最初だけ。これぞ偽装夫婦というのを実感しはじめているところである。

「里恵たちは結婚しようって話は出ない？」

あまり詮索されるとつらくなるため、里恵たちの話にすり替えた。

「私たちはないなぁ。お互いに二十四歳だし、結婚するにしてもまだ先だよー」

「そっか」

二十四歳同士だと、たしかに早い気はする。とはいえ、結婚は勢いだとよく聞くから、里恵たちだってどうなるかわからないだろう。

菜乃花と朋久がいい例だ。それこそ勢いで結婚した最たる事例と言える。

愛がそこにないのがなによりも痛い点だ。

「そういえば菜乃花は結婚指輪つけないの？」

「えっ、あ……」

唐突に指摘されて焦る。婚姻届にばかり意識が向いていたため、指輪の存在が頭になかった。朋久もきっと忘れているだろう。

「いつからつけてくるのかなーって気になってたんだけど、もしかして職場ではわざと外そうって話になってるの？」

「あ、うん、そうだね」

同調する以外にない。結婚したくせに指輪の準備を忘れていたなんてシャレにならないだろう。それこそ疑いの眼差しを向けられかねない。

「京極先生みたいな人気者が相手だと、いろいろ気遣って大変だね」

菜乃花は笑ってごまかす以外になかった。

その週末、菜乃花は空が白みはじめるよりずっと早く目覚めていた。むしろ、ほとんど眠れなかったと言ったほうが正しいかもしれない。

昨夜はクローゼットから引っ張り出した洋服をベッドに広げ、遅い時間まで鏡の前で悩みに悩んでいた。

今日は、いよいよ朋久とデートへ行く日である。洋服同様に迷っていた行き先は遊園地に決定した。

中学生のとき、当時大学生だった朋久が彼女と行った話を彼の父親から聞き、いつか一緒に行けたらいいなぁと憧れていた場所だ。

初めはもっと大人っぽいデートをしたいと考えていたものの、憧れていた場所がどうしても頭から離れなかった。

どちらかといえばアクティブなデートスポット。本当は普段よりもうんとしっとりとした服装で朋久を驚かせたかったが、ヒールは不向きだと諦めた。

それでも自分の中で一番かわいいスタイルにしようと悩みぬいた末に決めたのは、真っ白なモヘアのニットワンピース。赤をベースにしたチェックのマフラーを首に巻き、黒いレギンスに黒いスニーカーを合わせた。

髪はアップにして高い位置でまとめ、メイクも念入りに。少しでもかわいいと思ってもらえるよう、精いっぱいのコーディネートだ。

「これで大丈夫かな」

ばっちりだと自信を持てないのは、朋久がどう感じるかわからないせいだ。

朝食の準備をしようと支度を済ませて部屋を出ると、リビングでパジャマ姿の朋久と鉢合わせした。まだ起きる時間ではないと高をくっていたためドキッとする。

「朋くん、早いね。おはよう」

「菜乃こそ、もう着替え終わったのか」

菜乃花を前にして目をまたたかせた。

「うん、張り切って準備しちゃった」

そう暴露してから、余計なひと言だったと焦る。楽しみにしすぎているのが丸わかりだ。

「あ、ほら、遊園地なんて久しぶりだし、ね」

朋久とのデートだからウキウキしていると感づかれたくない。あくまでも遊園地目あてだとアピールする。

急いで付け加えるが、朋久は菜乃花をじっと見たまま反応を返してこない。

「……朋くん？」

首を傾げて呼びかけると、ようやく我に返ったような朋久はそっと微笑んだ。

「似合ってる」

「え？」

「その格好、すごくかわいい」

「ほ、ほんと⁉」

早速褒められるなんて予想外のため、どっくんと大きく心臓が弾んだ。朋久のキラースマイルのせいもある。

「子猫みたいな毛並だな。ふわふわしてるから抱きしめたくなる」

「だ、だ、抱き……⁉」

かわいいだけでなく抱きしめたいとはどういう意味か。

あまりにも鮮烈だったため声は裏返るし、言葉も最後まで紡げない。

「夫婦なら抱き合うくらい普通だよな」

「で、でも本当の夫婦じゃないし」

ドキッとしたのを隠したくて否定するが、目は盛大に泳いだ。

きっと朋久はいつものようにからかっているだけだろう。本気でそうしたいわけではない。

「菜乃が嫌なら無理にとは言わないけど」

（えっ、待って！　やっぱり――）

「朋くんがどうしてもって言うなら」

朋久からあっさり引く気配が漂ってきたため、とっさに引き止める。抱きしめてもらいたい気持ちのほうが断然勝り、気持ちは簡単に覆った。こんなチャンスはそう訪れない。

朋久がやわらかくふわっと微笑む。困っているのかうれしいのか、どういう思いが滲んだ笑みなのか判断がつかず、ドキドキと鼓動だけが音を立てた。

しかしここで退《ひ》かれたくないため、さらにもうひと押しする。

「このニットね、本当に気持ちがいいの。だからどうぞってだけ」

気持ちがいいからどうぞってなに、と自分にツッコミを入れたくなった。

「私たち夫婦だもんね。だからいいよ」

あくまでも偽装ではあるけれど。

平気だと振る舞っておきながら、大それた発言をしている自覚があるため体が微かに震える。

「それじゃ」

朋久が菜乃花に一歩、また一歩と近づくごとに心音が高鳴っていく。

両腕を広げてふわりと抱きしめられた瞬間、限界に近いスピードで脈が打った。このまま死んでも本望とさえ感じる。朋久への想いは相当重症だ。

彼の腕の中で体が硬直し、腕を回すなんて芸当はとてもじゃないができない。胸の前で手を重ねて、ただただ息をじっとひそめた。

どのくらいの時間、彼に抱きしめられていたのだろう。ふとその腕が解かれ、朋久が一歩離れる。

「俺もすぐに着替えてくる」

「あ、う、うん」

目も合わせられずに俯いたら、朋久が頭をポンと撫でた。

彼の耳が微かに赤いのは気のせいか。

「わ、私はそれじゃ朝ごはん作ってるね」

「サンキュ。着替えたら俺も作るよ」

朋久が自室に向かってから、肩を上下させてふぅと細く長く息を吐く。

決して大袈裟ではなく、これまで生きてきた中で一番緊張した時間だった。

朋久がいきなり〝かわいい〟だの〝似合ってる〟などと言ったのは、菜乃花を妻らしく扱ってみただけだろう。妻の地位を与えた菜乃花に、それなりの対応をしているだけ。

彼の言葉に浮かれそうになった気分を必死に押しとどめた。


朋久の車に乗り込み、いよいよ遊園地に向けて出発。空は雲ひとつない快晴で、寒いとはいえ気持ちのいいデート日和だ。

朋久はネイビーのPコートを羽織り、菜乃花同様にカジュアルな雰囲気のコーデだ。インナーはまるでお揃いのようにホワイトニットで、襟元から白黒のギンガムチェックがチラッと見えるのがおしゃれ。グレーのパンツと合わせたクールなスタイルは、朋久に似合っていてとてもカッコいい。

日曜日の遊園地は、家族連れはもちろん恋人や友達同士など大勢の人たちで賑わっていた。

受付ブースで入園券を購入し、ゲートを通る。不意に朋久から左手を取られ、ぎゅっと握られた。

ドキッとして隣を見上げたら、一瞬だけ目を合わせた朋久がすぐに前を向く。

「夫婦ならこうするもんだ」

べつに菜乃花と手を繋ぎたいわけではなく、夫婦ごっこをしようというのだろう。

「そう、だよね」

朋久に同調してなんともないふりを決め込むが、内心はドキドキが止まらない。左手に体じゅうの全神経が集中して歩き方がぎこちなくなる。

右手と右足が一緒に出るほどではないが、ペタペタとペンギン歩きのようになり可憐な大人の女とはかなり程遠い。

「それでなにから乗る？　いろいろ調べてただろう？」

「ばれてたの？」

ここは高校生のときにクラスメイトの友人と来たきり。あれからなにか変わったかもしれないと、ここ数日スマートフォンでリサーチしていたのに気づかれていたとは。

「覗き見た」

「ええっ！」

「気づかない菜乃が悪い。でも楽しみにしてくれていたのならなによりだ」

リサーチしていたときの自分を思い返してギクッとする。ウキウキワクワクしていたのは身に覚えがある。うれしさを隠しきれず、遊園地をふたりで歩く画《え》を想像して頬が緩んでいたことも。

「……朋くんと遊園地に来られるなんて思いもしなかったから……うれしかったの」

最後はごにょごにょと口ごもった。

朋久が優しく笑った気配がして身の置きどころがない。

「それじゃまずはあれ！」

菜乃花はまっすぐ前を指差した。アトラクションエリアでひと際目立つ乗り物——

急上昇急降下を繰り返す海賊船型の大型ブランコだ。

列に並び、係員に案内されて乗り込む。

「ここはやっぱり最後尾だよな」

朋久に手を引かれ、一番スリルを味わえるポジションに座った。

「はぁ緊張する」

「菜乃が乗りたいって言ったんだぞ」

「久々なんだもん」

こういった乗り物は苦手ではないが、久しぶりのため不安だ。

「私は平気だけど朋くん、絶叫系マシンは平気なの？」

「まぁたいていのものはね」

そこでふと気になる。

「……昔の彼女たちとも、これ一緒に乗った？」

「彼女〝たち〟ってなんだよ」

「朋くん、モテるからいっぱいいたでしょう？」

歴代の彼女たちを全員知っているわけではないが、菜乃花が把握しているだけでも三人はいる。

「今は菜乃が奥さんだろ」

「そう、だね」

本物ではないけどね、という言葉はのみ込む。せっかく念願の遊園地に朋久と来ているのだからめいっぱい楽しもう。

「菜乃こそ、べつの男と来なかったのか？」

「私？　私に彼氏がいないのは知ってるでしょう？　朋くんと違って、私はぜーんぜんモテないんだから」

酷な質問はやめてほしい。

ゆっくりとマシンが動きだし、少しずつ揺れ幅が大きくなっていく。

（た、高いし、胃のあたりが……！）

最高到達点までまだなのに、お腹をすくわれるような感覚と高さに恐怖心が芽生える。絶叫系マシンは平気だったはずが、顔を強張らせて手すりを掴んでいた手を朋久に取られた。

「大丈夫か？」

指を絡ませ、いわゆる恋人繋ぎにして強く握られる。

「う、うん――きゃあーーーっ！」

頷いたが最後、マシンにぴったりの絶叫が菜乃花の口から飛び出した。落ちる直前の恐ろしい浮遊感が襲いかかる。

（こここ、こんなに怖かった⁉）

記憶とはまるで違う。昔は友達と笑いながらバンザイして乗ったのに。

もはや目も開けられず、ただただ前後に揺られる。途中から声も出せず、朋久の腕にしがみつくようにしていた。

ようやく動きが止まり、ゆっくり目を開ける。肩で息をして心を落ち着けた。

「……死ぬかと思った」

「大袈裟だな。平気なんじゃなかったのか？」

朋久がククク と肩を震わせる。

「高校生のときは大丈夫だったんだけど」

「年老いたってわけか」

「失礼なんだからっ。朋くんより八歳も若いんですからね？」

「たしかに」

自ら年齢差を持ち出すなんて失言だと後悔した。歳の差を一番気にしているのは自分のくせに。

マシンから降りて園内をゆっくり散策する。こうして朋久と手を繋いで歩けるなんて嘘みたいだ。

(私たち、ちゃんと夫婦に見えるのかな)

周りを歩くカップルを眺めてそんなことを考えていたら、突然手を解いた朋久にぐいっと腰を引き寄せられた。

「……っ！」

朋久の片腕の中に抱き込まれ、心臓がひっくり返るほどの衝撃に襲われる。

ハッと息をのむと同時にギリギリで男の人がすれ違っていく。よそ見をしていたのか、その男性も驚いたようにパッと身を翻《ひるがえ》した。

「しっかり前を向いて歩け」

「ごめんなさい。考え事してたから」

「考え事？」

朋久が菜乃花の顔を覗き込む。

「うん。私たちって夫婦に見えるのかなって」

朋久の瞳が揺らいだ。

「それなら、しっかりそう見えるようにキスでもするか」

「なっ、なに言ってるのっ」

不敵に笑う朋久の腕をトンと叩く。キスというワードに反応して耳も頬も熱い。

菜乃花のリアクションに彼がククッと声を立てる。

「笑うなんてひどい」

唇を尖らせたら頬を軽くつねられた。

「さてと、ではド定番の観覧車でも乗るか」

「ええっ、もうそれいっちゃう？」

観覧車は終盤近く、ふたりの気持ちが盛り上がったところで乗るものではないのか。

（いつ乗ろうが、朋くんの気持ちが盛り上がることはないだろうけどね……）

菜乃花のテンションが一方的に上がるだけだろう。

「さっき程度のマシンでヘロヘロになってる人がここにいるんだから仕方ないだろ」

それを指摘されたらなにも言い返せない。

まさにヘロヘロ、足はガクガクだ。

「ほら、行くぞ」

繋いだ手を引かれ、散歩を嫌がる犬のごとく観覧車乗り場まで連れていかれた。

係員に誘導されて小さな箱に乗り込む。足を踏み入れた途端ぐらりと揺れ、「きゃっ」なんてかわいらしい声が出たのは決して狙ったわけではない。

でもそのおかげで「大丈夫か?」と朋久に肩を引き寄せられたのはラッキーだった。直後に「足腰が弱りすぎ」と言われたのを除けば。

扉が閉められ、ふたりきりの空間が出来上がる。

同居していれば家の中でふたりきりなのは当然だし、別段珍しいことではない。車だってそう。

それなのにそんなときとは比べ物にならないくらいに鼓動が速まっていく。観覧車というロマンチックなシチュエーションがそうさせるのだろう。

向かい合って座った朋久のほうは見られず、窓の外を意識的に向く。

「ねね、朋くん、すごく眺めがいいよ、ほら」

徐々に高いところに上っていく観覧車。園内だけでなく、その先の景色まで一望できてとても気持ちがいい。スカイツリーや東京タワーが堂々とした姿を現した。

「ね、うちの事務所ビルはどこだろう」

京極総合法律事務所も高いビルだから発見できるのではないかと目を凝らす。

「うちはそうだな……こっちの方角だ」

「え？　どっち？」

朋久の指が差すほうに目を向けた。しかし遠いため、似通ったビルの中から探し出せない。

「どれだろう」

つい夢中になって窓にへばりつく。

「あ、あれじゃないか？」

「えっ、どこどこ」

朋久のほうに身を乗り出したら「こっちにおいで」と彼に手を引かれた。

ドキッとしつつ彼の隣に移動する。瞬間、箱が大きく揺れたため、朋久に体が軽くぶつかる。

「ごめ……」

謝って隣を向くと間近に朋久の顔があり、菜乃花に緊張が走る。

すぐに目を逸らせばいいのに、彼の視線に捕らえられてできない。それがいつもとは違う熱っぽさを感じさせたせいだ。

「観覧車の頂上での定番といったら？」

その状態のまま、囁き声でいきなり質問された。

菜乃花の頭の中に浮かんだのは、ただひとつ。それ以外に今はない。

「……キス？」

声がかすれて今にも消え入りそうになる。

「正解」

朋久の吐息を感じた刹那、唇が重なった。

やわらかな感触が菜乃花の鼓動を弾ませる。

(と、朋くんとキスしてる……！)

信じがたい展開が菜乃花の思考回路を全停止させた。頭は真っ白。なにも考えられない。

唇が重なっている事実に、ただただ胸をときめかせていた。

時間にしたらものの数秒だろう。重ね合わせただけの唇を軽く食《は》んでからキスが解かれた。

ゆっくり瞬きをしながら彼を見つめる。

「そんな顔すんな」

「……え?」

「もっとしてほしいって顔」

「ま、まさかっ」

ニヤッと笑った朋久の胸をトンと叩いて離れる。とろんとした目をした自覚があるためギクッとした。慌てて表情を引きしめ、朋久を軽く睨む。

「今の、私のファーストキスだったんだからね?」

悪態をつく以外に出方がわからない。素直に〝もっとキスしてほしい〟とねだったら、少しはかわいい女と思ってもらえたかもしれないのに。

「夫婦なんだから問題ない」

そうだ。菜乃花は朋久と夫婦なのだ。嘘であろうと、偽装であろうと、結婚は結婚。菜乃花は朋久の妻である。

でも、だとしたらその先も——?

うっかり想像が逞《たくま》しくなり赤面する。

「俺と結婚したこと、後悔してるか？」

「ううん、してない。朋くんを助けられたし」

焦って否定し、朋久に責任をなすりつける。

（もっと素直に気持ちをぶつけられたらいいのに）

しかし菜乃花の想いを知ったら、朋久はおそらくこの結婚生活に終止符を打つだろう。お互いに恋愛感情がないからこそ成り立つのが偽装夫婦だから。天秤が片方だけ重くなり、バランスを失ったらおしまい。

朋久がキスをしたのは、観覧車マジックにかけられたせい。そこにはなんの意味もないのだと、菜乃花は動揺した心を必死に宥めた。


その後は絶叫系がいきなり苦手になった菜乃花のため、わりと優しめのマシンを乗り歩き、お昼にはベンチに座ってホットドックを食べた。

食事中以外は絶えず手を繋がれたまま。偽物夫婦ではあるが、これまでのふたりには考えられない状況だった。

お返しはとろけるほどに甘く

この頃、どうもおかしい。

菜乃花は向かいの席で朝食のスクランブルエッグを口に運ぶ朋久を盗み見ながら、トーストにかぶりついた。

おかしいのは、ほかでもなく朋久である。

遊園地でデートしてから約一週間、朋久との距離が心なしか縮まったように感じる。

キスは観覧車での一度だけ。あれ以来そんな事態は訪れていない。

でも、たまにそういう雰囲気が舞い降りそうな気配がある。具体的に言葉に表すのは難しいが、ホームシアターでふたり並んで映画を観ているときや、キッチンで一緒に料理をしているときなど、それとなく朋久が触れてくることがあるのだ。

それは手だったり肩先だったり、あるいは髪の毛だったり。さりげないから勘違いかと疑っていたが、今にも抱きしめられるんじゃないかと菜乃花は気が気でなく、同時にドキドキと胸を高鳴らせている。

菜乃花に向けられる彼の視線も総じて優しい。――いや、この際甘いと言ってもいいような気がする。

好意を抱いているからこそ、わずかな彼の変化に気づくもの。勘違いだと頭を振るが、少しでも朋久の気持ちが自分に向けばいいのに――と願わずにはいられない。

「さっきからチラチラとどうした」

「えっ」

「俺を見てただろう」

――まさか気づかれていたとは。

「や、やだな、朋くんってば自意識過剰なんだから」

動揺してフォークを皿の上に落とした。

「俺の顔に穴が開くからよせ」

意地悪な口調は相変わらずではあるが。

「顔に穴は開きません」

言い返しながらフォークを取ったが、再び手が滑って今度はフロアに落ちる。動揺しすぎだ。

朋久がクククッと肩を揺すって笑う。

「ところで教授さんはどうだった？　納得してくれた？」

朋久は昨日、妻の欄に菜乃花の名前が入った戸籍謄本を藤谷に見せたが、残業で帰りが遅かったため、どんな反応をしたのかまだ聞いていなかった。

「本当だったんだなって、しみじみ見てた。娘にも諦めてもらう以外にないって」

「そっか、よかった」

菜乃花たちが入籍したのは、なにをおいても彼を納得させるため。それがうまくいってホッとした。

＊＊＊＊＊

京極総合法律事務所の最上階、三十階にある一室のドアをノックする。

「入りたまえ」

中から浩平の声がかかり、ドアを開けた朋久は一礼して室内に足を踏み入れた。

浩平に勧められてソファに腰を下ろすと、彼も向かい側に座った。

「それで用件は？」

「まぁ急ぐな。ところで、なっちゃんとの生活はどうだ」

浩平は本題には入らず脇道に逸れる。

「仲良くやってるよ」

入籍してからまだ数週間、菜乃花との関係性は変わっていない。

変わったのは朋久の心だ。

昔から彼女は朋久にとって別格の存在だった。八歳離れているため、そこに恋愛感情があったかといったら違うのかもしれないが、誰より大切に想う女性だったのはたしか。

事実、重ねてきた恋愛遍歴で、恋人に対する気持ちにはどこか一線を引き、それ以上は踏み込めない――いや踏み込まない部分があった。守るべき菜乃花の存在がちらつき、本気になれずにきた。

ところが、パラリーガルの野々原の発言や充の登場が、それまで妹同然だった菜乃花に対する気持ちに変化をもたらした。

心の奥底で眠っている想いの欠片《かけら》を見つけたのは、菜乃花と入籍する少し前。それがみるみるうちに我が物顔で朋久の心を侵食しはじめ、いつの間にか完全に乗っ取られている。

彼女がかわいくて仕方がない。ひとりの女性として好きだと、今ならはっきり言える。偽装結婚を持ちかけたのは、マンションを出ていくと言いだした菜乃花を引き留めるための策略だ。

しかし気持ちを抑えきれず、観覧車でキスをしたのは迂闊《うかつ》だった。

菜乃花にしてみれば、朋久は書類上の夫である以外の何者でもない。七年も一緒に暮らしてきたのだから嫌われてはいないだろうが、そもそも男として見られていない可能性のほうが高いだろう。

婚姻届にサインして入籍に同意したのは、朋久に対する恩義があるため。世話になったお返しにほかならない。

証人欄へのサインを頼んだとき、雅史にも『ほらな、やっぱり』とからかわれた。

『お前もやっと自分の気持ちに気づいたのか。しかしずいぶん時間がかかったな』と。

キスをしてからの約一週間、少しずつ彼女との距離を縮めにかかっているが、菜乃花から戸惑う空気を感じるため、今一歩強引にいけずにいる。

とはいえ、このままでいるつもりは朋久にもちろんあるはずもなく、菜乃花を振り向かせる気概だけは十分にあった。

「ふたりの孫の誕生が待ち遠しいな」

浩平が顔を綻ばせるが、朋久にとってその段階はまだ先の話。まずは菜乃花の心を手に入れなくてはならない。

「そろそろ本題に戻りませんか、ＣＥＯ」

話を切り替えるべく、仕事口調で先を促す。

「あぁ、そうだな。じつは懇意にしている友人の会社からの相談なんだが、それを朋久に担当してもらおうと考えている」

「どういった案件で？」

「所有している土地に、どうやら悪質な地上げ屋が目をつけているらしくてな」

「土地転がしですか」

浩平が「ああ」と頷く。

地上げ自体は不動産業者の仕事のひとつであるが、悪いイメージが先行するのは、バブル時代にあった無理な取り立てが原因と言える。本来は、明確な目的を持って土地を購入している企業が大半である。

「どうも裏で手を引いている会社があるようだ」

バブル時代に横行していた悪質な追い立てがここ数年再び増えており、トラブルになっている事案を朋久もいくつか耳にしている。

その時代に起きた事件によりさまざまな規制ができ、現在は違法行為は減っているが、法の目をかいくぐる悪徳業者は必ず出てくるものだ。

「では、すぐにでも先方と連絡を取って進めます」

「頼んだぞ」

「承知いたしました」

浩平がテーブルに置いた相手方の名刺を手に取った。

「なっちゃんにもよろしく。本音を言えば、お前と一緒にここに呼んでしまいたいくらいだ」

「公私の区別はつけてください、ＣＥＯ」

釘を刺すように言って立ち上がる。

浩平が菜乃花にデレデレなのは昔からだ。朋久には姉もいるが、菜乃花とは正反対の気が強いタイプで、父親の浩平でもタジタジなときがあるため余計だろう。

「まぁそう言うな。そうだ、今夜四人で食事でもどうだ」

「悪いけどちょっと都合が悪いから、また後日で」

今夜は大事な予定が控えている。

「なんだ、そうか。息子というのはつれないものだな。今度なっちゃんに直接声をかけるとしよう。じゃ、よろしく頼んだぞ」

浩平はひらりと手を振って、朋久を見送った。

＊＊＊＊＊

デスク周りを片づけ、パソコンをシャットダウンする。

今日はホワイトデーのため、城下と約束がある里恵とはデスクでお別れし、菜乃花はひとりエレベーターに乗って階下に向かった。

（ホワイトデーだけど、朋くんからは特別なにも言われてないし、私たちはいつもと変わらない夜だろうな）

朋久がバレンタインデーに大量にもらったチョコレートのお返しは、彼に頼まれて菜乃花が有名な高級焼き菓子をネットで注文していた。今日は朋久がそれを配り歩く場面に何度か遭遇している。

『菜乃の分も一緒に頼んでいいぞ』と言われたため、自分にもみんなと同じお返しなのかとちょっと落ち込んだ。

（でも仕方ないよね。本当の夫婦じゃないんだもん）

そう割りきる以外になく、気持ちを切り替えてビルのエントランスを出る。――とそこに、見知った人が立っていた。

「よっ」

軽く手を上げ、菜乃花のほうに近づいてくるのは充だ。

「こんなところでどうしたの？　法律相談でもあった？　もう終業時刻だから、急ぎじゃないなら明日にしたほうがいいかも」

「いやいや、そうじゃないって。菜乃に用事があってさ」

朋久だけが使う〝菜乃〟呼びに不快感を覚える。今までそんな呼び方はしなかったのに急にどうしたのだろう。だからといって、そう呼ばないでとは言えないが。

「……私に？」

「食事でも行かない？」

「えっ、今から？」

「そ。電話じゃ埒《らち》が明かないし、菜乃、つれないから」

まさか、そのためにここまでやってきたのかと困惑する。

「ごめん、食事は行けない」

「なんで。菜乃――」

充が言いかけたそのとき、菜乃花の隣に人の気配がし、同時に肩を引き寄せられる。

「充くん、久しぶりだね」

朋久だった。

菜乃花の肩を抱く彼の姿に、充が顔をしかめる。

「わざわざ菜乃に会いに来てくれたのか」

心なしか棘がある言い方に聞こえなくもない。〝わざわざ〟を強調し、朋久は少し威圧を与えるような感じだ。

たぶん困っている菜乃花を助けるためだろうが、いきなり肩を抱かれてどぎまぎせずにはいられない。

「ええ、あなたではなく菜乃に会いに来ました」

朋久にそんな態度を取られても、充も引く様子はない。

「残念だが、菜乃とふたりきりで会うのは今後できないと思ってもらいたい」

「どうしてあなたにそんな指図をされなきゃならないんですか？」

なぜかふたりが好戦的な雰囲気になり、菜乃花はハラハラしながらもどう口を挟めばいいのかわからない。

「菜乃は俺の妻なんでね」

「……は？」

なにをバカげたことをとでも言いたげに、充は顎を突き出した。

「聞こえていないようだから、もう一度言おう。菜乃と俺は夫婦だ」

迷いも戸惑いもいっさい感じない、清々《すがすが》しい言い方だった。

「なんの冗談だよ。ただの同居人だろう?」

充が訝るのも当然だ。ほんの少し前まで、そんな気配はなかったのだから。

「ううん、充くん、本当なの。朋くんとはこの前入籍して」

ね?とふたりで顔を見合わせる。

「だから充くんとふたりで食事は行けない。ごめんね」

「そういうわけだ。今後菜乃を誘いだすのは遠慮してもらいたい。それから、彼女を〝菜乃〟と呼ぶのもやめてくれ。俺だけに許された呼び名だ」

最後のひと言が菜乃花の心臓を大きく揺さぶる。

朋久は菜乃花をさらに引き寄せ、鋭い眼差しで充を射貫いた。

そこに深い意味はなく、菜乃花に対する形式的な扱いのひとつ。書類上だけとはいえ、夫婦を名乗っている以上、ほかの異性とふたりきりで会うのは他人の目があるため避けるべきだから。

そう自分に言い聞かせるが、抱き寄せられた肩から朋久の手のぬくもりが伝わって鼓動が速まる。

「それじゃ、失礼するよ。菜乃、行こう」

朋久は肩から離した手で、菜乃花の手を握った。

繋いだ手を引っ張られながら、充に会釈をしてその場を離れる。

近くにある階段から地下駐車場に向かった。

「朋くん、ありがとう。どうしたらいいかわからなかったから助かった」

依然として繋がれたままの手が菜乃花を早口にさせる。デートで行った遊園地ならまだしも、ここは職場の建物の中。ドキドキしているのを悟られまいと必死だ。

朋久の車の助手席に乗り込み、車がすぐに走りだす。

「今日、ホワイトデーのお返し、大変だったでしょう。手伝ってあげたかったけど、私が配ったらおかしいいし、みんなも嫌だろうしね。それに――」

「菜乃」

会話を途切れさせたくないがために話題を繋げていたが、朋久がそれを止めるような感じで菜乃花を呼んだ。

「このまま食事に行こう」

「……食事?」

「ホワイトデーだし」

「お返しなら、この前クッキーもらったよ」

ほかの人たちと同じなのはちょっと不満だが。

「あれは菜乃のおやつでホワイトデーのお返しじゃない。みんなと同じものを妻に返すわけがないだろ」

「そ、そっか。……ありがとう」

一応は差をつけてくれるのだとうれしくなる。

「それじゃ、豪華なディナーをごちそうしてもらおうかな」

サクサクコーヒーメレンゲのクッキーのお返しにしては高くつくが、エリート弁護士なら許してくれるだろう。

「そのつもりだよ」

「え？　そうなの？」

そんな予定があるとは聞いていなかったため、普通に家に帰るところだった。

「菜乃を迎えに総務部に行ったら退勤したばかりだって言われて、急いで追いかけた」

車通勤なのに地下駐車場に向かわずにエントランスに来たのはそういうわけだったのか。

「そうだったんだ。うれしいな。それでどこに連れていってくれるの？」

「菜乃がお望みの豪華なディナーが食べられるところ」

もったいぶって白状しない朋久に連れてこられたのは、外資系高級ホテルにあるフレンチレストランだった。

初めて。朋久はたまに雅史とここのラウンジへ来るそうだが、菜乃花が足を踏み入れるのは初めて。朋久にエスコートされながら、自然と背筋がピンと伸びる。

黒字に金の文字で『クールブロン』と描かれた看板が掲げられた店に入っていく。

男性スタッフに案内されたのは個室だった。

黒で統一されたシックな内装に、控えめな照明がオシャレな空間を作っている。

「菜乃、少しここで待っててくれ」

「え？」

「すぐに戻る」

戸惑う菜乃花を残し、着席もせず朋久が個室を出ていく。

（トイレにでも行ったのかな）

心細い気持ちでスタッフに引いてもらった椅子に座った。

「先にお飲み物だけでもいかがですか？」

メニューを差し出されたが、朋久が戻るまで待とうと決めて丁重に断る。

手持無沙汰にスマートフォンをいじり、待つこと十数分、朋久は微かに息を切らせて戻った。普段、余裕のある様子の朋久とは少し違う。

「どこに行ってたの？」

「ちょっとね」

トイレだろうか。それにしては肩を弾ませ、大急ぎで帰ってきたような感じだ。

座るなりメニューを開いて菜乃花の意見を聞きつつ、やってきたスタッフに淀《よど》みなく注文する。こういった高級な店はきっと慣れているのだろう。

真っ先に運ばれてきた飲み物は、運転が控えている朋久にはノンアルコールのワイン、菜乃花には彼の勧めもあってロゼワインである。

グラスを持ち上げて乾杯と傾ける。

「私だけ飲んでごめんね」

「今日はホワイトデーだから気にしなくていい。ただし飲みすぎて泥酔したら置いてくからな」

「相変わらずひどいんだから。そういうときは優しく抱きかかえて介抱するものでしょう？」

そもそも泥酔するほど酔った経験はないし、浴びるほど飲んだ経験もない。

「このところ甘いものづくしだから、菜乃を抱き上げられるか不安だな」

「もうっ、そんなに食べてませんっ。朋くんってばデリカシーがなさすぎ」

菜乃花がぷぅと頬を膨らませると、朋久が楽しげに口角を上げる。からかって喜んでいる顔だ。

これみよがしにグラスを傾け、ごくりと喉を鳴らす。

「ん、おいしい。このワイン、すごく飲みやすいね」

「気に入ったのならなによりだ」

朋久の笑顔が弾ける。

すっきりとした口あたりだから飲みすぎないように気をつけようと心の中で考えていると、早速前菜からはじまるコース料理が運ばれてきた。

「お待たせいたしました。フレッシュフォアグラのテリーヌでございます」

季節の野菜が添えられ、真っ白な皿に彩りよく盛られている。「さぁ食べよう」とフォークとナイフを持った朋久に菜乃花も倣《なら》う。

クリーミーなフォアグラは濃厚な味噌ソースとの組み合わせが抜群だ。

「おいしいね」

思わず目尻が下がる。

その後もオマール海老《えび》とマッシュルームのフリカッセや金目鯛《きんめだい》のポワレなど、目にも鮮やかな料理を楽しみ、ロゼも飲みつつ朋久との時間が過ぎていく。

最後に運ばれてきたデザートは、かわいらしいドーム型の甘酸っぱいムースだった。

「朋くん、こんな素敵なところに連れてきてくれてありがとう。今までで一番のホワイトデーだよ」

これまでもホワイトデーのお返しはもちろんもらったが、食事デートはお初だ。

「菜乃なら喜んでくれるだろうと思った」

「……ここには恋人を連れてきたりもしたの?」

ロマンチックなお店ならきっとそうだろう。聞きたいような聞きたくないような複雑な気持ちだ。

「女性を連れてきたのは菜乃が初めて」

「ほんとに?」

うっかり素で喜び、しまったと口元を押さえる。朋久への想いはあまり漏らしたくない。

「気になる?」

テーブルに両肘をついた手に顎をのせ、朋久が意味深な笑みを浮かべる。

「だ、だって一応は妻だもん」

朋久がふと真顔になった。

（……なにか変なこと言ったかな）

まっすぐに注がれる眼差しにたじろいでいたら、朋久がポケットからおもむろになにかを取り出す。

「菜乃に渡したいものがある」

テーブルに小さな箱が置かれた。

「なにかわかる？」

「……なんだろう？」

ジュエリーが入っていそうなフォルムをしているが、ネックレスとは違う感じだ。腕時計あたりだろうか。

「ふたりの結婚指輪だ」

明言されて息をのむ。

里恵に『結婚指輪つけないの？』と言われたときにはハッとしたが、そこまで用意してくれた朋久に申し訳ない気持ちになる。

朋久がケースを開くと、中にふたつのリングが鎮座していた。ゴールドとプラチナのコンビは優しい色合いで、緩やかなカーブを描いたデザインが美しい。

「もしかして、さっきこれを取りに行ってたの？」

「ああ。近くのジュエリーショップに注文してあったからね。手、出して」

「でも」

婚姻届とはまた違った神聖さがある。左手の薬指につける特別感のせいか、簡単に受け取れない。

「そこまで本格的にしなくても……」

申し訳なくて遠慮したら、朋久は目をわずかに細めた。笑みを浮かべたのとは違うが、それがなにを表しているのか判断がつかない。

「それなら俺たちの関係も本格的にすればいい」

「……どういう意味？」

「本物の夫婦になろうと言ってる」

「本物の、夫婦……？」

朋久がどういうつもりなのかわからず、同じ言葉で問い返す。

「菜乃が好きだって気づいた」

それは予想もしていない告白だった。

（朋くんが私を……好き？）

いつものジョークと違うのは、声の調子と甘い眼差しでわかる。でも、すぐに信じられるかといったらそうではない。

なにしろ小さい頃から朋久一筋。それこそ二十年近くも彼しか見てこなかったのに、朋久のほうは振り向く気配がまったくなかったのだから。

ホワイトデーの食事デートに結婚指輪の登場、さらには朋久の想いまで打ち明けられ、頭の中がショートしそうになる。

瞬きも忘れて口は半開き。間抜けな顔なのも気づかないくらいに衝撃を受けていた。

「菜乃？　聞いてるか？」

「き、聞いてるけど……朋くんが私を好きなんて。……いつもみたいに冗談？」

違うだろうとわかっていても確かめずにはいられない。

「冗談で好きなんて言うか」

「だって、ずっと子ども扱いされてきたから」

「俺もそのつもりだった。菜乃は妹みたいなものだって。でも違うと気づいたんだ」

いつになく優しい朋久の声が菜乃花の心を大きく揺さぶる。

（嘘でしょ……）

信じられない展開が菜乃花に舞い降りた。

「菜乃がまだ俺を男として見られないのなら、これから全力で菜乃を振り向かせる」

朋久の言葉の一つひとつがうれしくて、今すぐここから駆けだしてしまいそう。いや、すでに心は朋久に向かって走っている。

「そんな必要ない」

唇が震えて、はっきりとしゃべれない。

「俺なんか眼中にもないって？」

「違うっ」

顔をぶんぶん横に振る。そんなの絶対にありっこない。

「私だって……」

二十年近く密かにあたためて、育んできた気持ちが大きく膨らみすぎて、口からすんなり出てきてくれない。

「菜乃？　どうした」

向かいから朋久が顔を覗き込む。菜乃の気持ちなんて、まったく予想もしていないような表情だ。

「ずっと昔から朋くんを好きだったんだから……！」

「……え？」

「朋くんよりずっと早く、私は朋くんが好きだったの。小さな頃からずっと。だから――」

言葉がそれ以上続かなくなったのは、席を立ち菜乃花のそばにやってきた朋久に抱きしめられたせいだ。

「やばい、本気でうれしい」

「朋くん……」

彼に好かれる日がくるなんて想像もできなかった。

この想いはずっと届かず、いつか誰かのものになる朋久を黙って送り出すしかないと考えていたから。

菜乃花を解放した朋久が、その場に跪《ひざまず》く。

「菜乃、明日の朝まで菜乃の時間を俺にくれ」

「……明日の朝までだけなの？」

そのあとはいらないのかと聞き返す。

「違う、そうじゃない」

朋久はふわりと笑って菜乃花の頬をくすぐった。

「菜乃はこの先ずっと俺のもの。だから今夜は朝まで一緒にいようって意味だ」

朋久と朝までずっと一緒に……。

「うれしい」

こんなにも幸せな気持ちを今夜味わうなんて。

「左手、出して」

言われるままに差し出すと、朋久はテーブルに置いていた指輪を菜乃花の薬指にはめた。

「ぴったり」

目を真ん丸にし、まじまじと見つめる。

「どうしてサイズがわかったの？」

「真夜中に菜乃花の部屋にこっそり忍び込んで測った」

「ええっ⁉」

そんなことをしていたなんて。寝入ったら最後、朝までぐっすり眠るタイプのため、全然気づきもしなかった。

菜乃花の調子はずれの声に反応して、店のスタッフが「なにかございましたでしょうか」と顔を覗かせた。朋久がスマートに応対して退室させ、再び個室はふたりだけになる。

「よだれ垂らして寝てたぞ」

「ほ、ほんとに⁉」

情けないやら恥ずかしいやらで顔がカーッと熱くなる。

「冗談」

「もうっ、朋くんの意地悪！」

ニヤッと笑う彼の胸をトンと叩いた右手を取られ、もうひとつの指輪を託される。

「今度は俺にはめて」

朋久が自分の左手を差し出してきた。

わけもなく緊張しながらその手を取り、朋久がしてくれたように薬指に指輪を滑らせていく。微かに震える指先に気づかれませんようにと祈った。

ふたりの左手に同じリングが煌《きら》めき、とても神聖な気持ちになる。

「これで俺たちは本物の夫婦だ」

「……うん」

感慨深くて胸がいっぱいだ。

「菜乃」

名前を呼ばれると同時に唇が重なる。瞬間、観覧車でたった一度だけ交わしたキスが蘇《よみがえ》った。

もう一度キスしてもらえるなんて、朋久と本物の夫婦になれるなんて奇跡だ。

数秒でキスが解け、朋久が間近で微笑む。

「菜乃、行こう」

朋久は菜乃花の手を取り、立たせた。

「今夜は菜乃花を帰さない」

「帰さないって、いつも同じ家に帰ってるのに」

「こら、揚げ足を取るな」

朋久は軽く睨みながら菜乃花の鼻を摘まんだ。

レストランを出て、手を引かれてエレベーターで階下へ到着すると、朋久はエントランスとはべつの方向に足を向けた。

「朋くん、どこ行くの？　帰らないの？」

「ふたりでここに泊まろう」

「えっ、ホテルに？　帰さないってそういう意味だったの？」

驚く菜乃花をロビー脇のソファに座らせ、朋久は「ここで待ってて」と言い置きフロントへ向かった。

（朋くんとお泊まりなんて信じられない……）

それも有名な高級ホテルに。

しかし菜乃花は夢見心地になる一歩寸前でハッとした。

（私、着替えもメイク道具もなにも持ってないよ）

バッグの中を確かめるが、魔法でも使えない限りお泊まりセットが出てくるはずもない。すっぴんは朋久にさんざん晒しているからいいとして、下着や洋服は今着ているものだけだ。

ソワソワして立ち上がったタイミングで彼が戻った。

「菜乃、行こう」

「ちょっと待って、朋くん。私、着替えとかなにもなくて」

「そりゃそうだろう、突然だから。でも心配するな、全部用意してもらうから」

あっさりと解決策を提示される。

「そんなことできるの？」

「大丈夫だ。ほら、行こう」

朋久に腰を抱かれて、もう一度エレベーターに乗り込む。上昇するにつれ、菜乃花の心拍数も上がっていく。

ひとつ屋根の下どころではない。同じ部屋、それも同じベッドで朝まで過ごすのだ。

心臓がいくつあっても足りないかもしれない。

そんなことを考えながら目的のフロアに到着し、部屋へと誘《いざな》われる。

朋久が開いたドアから中へ入った瞬間、彼に抱き上げられた。

「ちょっ、朋くん⁉」

いきなりのお姫さま抱っこにどう対処したらいいのかわからず体を硬直させる。

次から次へと予想外の事態に見舞われ、ひとつずつ処理していくのにも苦労する。

「私、重いから下ろしてっ」

「このくらい重くもなんともない」

「だっていつも言ってたじゃない、スイーツ食べたら太るぞって。さっきもムース食べたし」

「菜乃をからかってただけ。かわいいからついいじめたくなるんだ」

〝かわいい〟のひと言で、口応えする意思が途端に消えてなくなる。大好きな人からの褒め言葉は威力が半端ではない。

ところがそのままベッドに下ろされ、べつの心配が菜乃花を襲う。

「朋くん、待って。シャワー浴びてない」

「そんなのあとでいい」

シュルッと音を立てて、朋久がネクタイを引き抜く。そして、菜乃花をベッドに組み伏せた。

「でもっ、汗かいたし、夕べお風呂に入ったきりだし、私――」

朋久の人差し指が〝しー〟といった仕草で菜乃花の唇にあてられる。たったそれだけで菜乃花を黙らせる強さが、朋久の眼差しにあった。初めて見る〝男〟の顔だ。

色香を滲ませ、熱を帯びた視線に菜乃花は全面降伏。白旗を上げる以外にない。

「菜乃に意地悪していいのは俺だけ。菜乃と呼べるのも俺だけだ」

独占欲をあらわにした言葉に胸が高鳴っていく。

充に『彼女を〝菜乃〟と呼ぶのもやめてくれ。俺だけに許された呼び名だ』と言い放ったのを思い出す。本当にうれしくて、その場で飛び跳ねたいくらいだった。

「私も朋くんにだけそうしてほしい」

ほかの誰でもなく朋久ただひとりだけに。

朋久が満足そうに微笑む。

「菜乃、好きだ」

「私も朋くんが好き」

重なった唇はすぐに熱を持ち、恍惚《こうこつ》とした時間を連れてくる。

優しく食みながら菜乃花の緊張を解いていく穏やかなキスは次第に大胆になってい
き、息をしようと薄く開いた唇の隙間から朋久の舌が侵入してきた。

鼻から抜けるような甘い吐息がこぼれて、それも逃すまいと彼の唇が追いかける。

口腔内《こうこうない》を余すところなく舌で攻められ、不慣れな菜乃花は必死に応えた。

キスに夢中になっているうちに服を脱がされ、気づけば生まれたままの姿。

「……いつの間にこんなに色っぽい体つきになってたんだ」

どことなく切羽詰まったような声色だった。感じ入ったように言われて羞恥《しゅうち》に襲
われる。

「や、恥ずかしい」

両手で胸や下腹部を隠そうとしたが、たやすく阻止され、ベッドに両手を縫い留め
るようにされた。

「ほんの少し前まで子どもだったのに」

「もう二十四歳なんだから、大人扱いして」

「言われなくてもそうする」

ふっと笑みを漏らし、朋久のキスが落ちてくる。

首筋や肩を伝い、胸元に移動していく唇が菜乃花の呼吸を徐々に弾ませていく。

キスの雨は胸元だけにとどまらず、腕や足、全身の隅から隅までに及ぶ。

「菜乃の体、すっごく熱い」

「そ、それはワイン飲んだから」

きっとそうだと言いきるが、そんなわけがないと自分でもわかっている。彼に触れられるだけで、見つめられるだけで、体温はいくらでも上がってしまう。

「へぇ、そうなんだ？　こんなになってるのに？」

もっとも秘めた部分に触れられた瞬間、体じゅうが痺れたように震えた。

「っ……、朋くんの……意地悪っ」

「俺が意地悪するのは菜乃にだけと言っただろう？」

特別な地位を与えられた喜びが体の反応として素直に現れる。体の中心からあたたかいものが溢れる感覚がした。

大切なものを扱うような愛撫《あいぶ》に心まで溶かされ、甘く解けていく菜乃花の体。これまで経験したことがない刺激と熱に侵され、このままとろけてなくなってしまうのではないかという錯覚すら生む。

いよいよ朋久と繋がった瞬間には、痛みよりも幸せのほうが大きく、あまりのうれしさに涙が一筋こめかみを伝っていった。

乱され、揺らされながら、何度となく「菜乃」と名前を呼ばれ、「好き」だと囁かれ、心と一緒に全身が波打つ至福の時間。菜乃も吐息交じりに必死に返した。

ずっと憧れ続けた、大好きだった朋久とひとつになれた悦《よろこ》びは、きっと永遠に忘れない。

「菜乃っ、絶対に離さないから……っ」

苦しげに囁いた朋久とともに果て、汗ばんだ体のふたりは乱れたシーツに沈んだ。

瞼に感じる光が、菜乃花に覚醒《かくせい》を促していく。

まだ目覚めてもいないのに幸せな気持ちに包まれる不思議な感覚の狭間で、隣のぬくもりを探る。

それなのに……。

（あれ？　朋くんは？）

手も足も、その存在を確認できず、パッと目を開けた。

「朋くん？」

不安になりながら体を起こす。

昨夜はすぐさまベッドに連れ込まれたため気づく余裕がなかったが、菜乃花が目覚めた部屋には大きなベッドひとつしかない。つまり、ここはベッドルームだ。スタンダードな部屋とは違うとわかる。

脱ぎ捨てたものはベッド脇に散乱しており、それを着るのもためらわれて、菜乃花は仕方なしに素肌に毛布を巻きつけて部屋を出た。

扉を開けてすぐ豪華なソファセットが目に入る。リビングスペースのようだ。

天井が高く、大きな窓の向こうは開放的な都会の景色が広がっている。エレガントな調度品が品よく並び、とても素敵な部屋だ。

朋久はその向こう、ダイニングテーブルの前にいた。

「菜乃、おはよう」

「おはよう。ね、朋くん、この部屋ってスイートだったの？」

「今さらか」

やはりそうだった。

「昨夜は気づいたらベッドの上だったし、見てる余裕もなかったんだもん」

「まぁそうだよな。ってか、その格好どうした」

朋久はニコニコしながら菜乃花の前に歩み寄った。

「昨日の服は脱ぎ散らかしちゃったから」

「この下は素肌？」

「きゃっ」

朋久が胸元の毛布を引っ張って覗き込んだため、急いで前をかき合わせる。

「〝きゃっ〟ってなんだよ。菜乃の全部、昨夜見せてもらったけど？」

目を細めて不敵な笑みを浮かべる。

「そ、それはそうだけど。ベッドの上とここことじゃ違うの」

「じゃあもう一度ベッドに戻ろうか。なんならこれからもう一回」

「ダダダ、ダメ！　今日は仕事でしょう？」

本気でそうしそうな朋久からぴょんと一歩飛びのいた。

「それなら、今夜の楽しみにとっておくか」

「今夜⁉」

そんなに続けざまなのかと聞き返す。

「これでも、昨夜は自制してたんだぞ？　菜乃は初めてだから無理させられないだろう。ほんとは朝まで抱きつぶしたいくらいだった」

「だ、だ、抱きつぶ……！」

朝から過激なことを言わないでほしい。

顔を真っ赤にして固まっていたら、朋久はその毛布ごと菜乃花を抱きしめた。

「かわいいな、ほんと。本気でベッドにUターンしたいくらいだ」

耳元で囁く声が果てしなく甘いから、プシューッと音を立てて全身から空気が抜けてしまいそうになる。

朋久は菜乃花の頬と唇の両方にキスをした。

「シャワーを浴びておいで。朝食も今運んでもらったところだ」

テーブルにはエッグベネディクトや生野菜、フレッシュジュースにオニオンスープと、まさにホテルブレックファーストといったメニューが並んでいた。

「でも着替えが」

「着替えなら用意してもらったから。パウダールームに置いてある」

「ほんとに⁉　ありがとう、朋くん」

ぴょんとジャンプして彼の頬にキスのお返しをする。

「ついさっきまで真っ赤になってたくせに」

ピンと額を弾かれた。

痛いと、むぅと尖らせた唇に唇がもう一度重なった。

何度も交わすキスが菜乃花を満ち足りた気持ちにさせる。こんな毎日がずっと続けばいいなと願わずにはいられない。

「早く入っておいで」

いたずらっぽく笑った朋久に体を反転させられ、菜乃花はバスルームに向かった。

パウダールームには彼が言っていたように下着や洋服はもちろん、コスメの類いも用意されていた。それも菜乃花が普段使っている基礎化粧品のブランドだ。

(朋くん、よくわかったなぁ。なにも気にしていないようでいて、意外と神経が細やかなんだよね)

一緒に暮らしているし、自宅マンションのパウダールームの棚には菜乃花の化粧品も置いてあるが、そこまで気を回せる男性は少ないだろう。

(それにしてもホテルってなんでも用意できちゃうんだな)

感心しながら体に巻きつけていた毛布を外し、丁寧に畳んでそばの椅子に置く。

ベージュで統一された優しげな雰囲気のパウダールームと同様、バスルームも落ち着いたトーンだが、とにかく広い。

朋久のマンションのバスルームもゴージャスな仕様で、同居当初はソワソワしてゆっくりできなかったことを思い出す。

当時のように急いでシャワーを浴び、朋久が準備してくれたであろうバスタブのお湯に束の間体を沈め、用意されていた下着や洋服を身につけていく。

ラベンダー色のオフショルニットにベージュのフレアスカートは上品なうえにかわいらしい。菜乃花の好みを知っている彼ならではのコーディネートだった。

支度を済ませて部屋に戻ると、朋久はコーヒーメーカーのサーバーからカップにコーヒーを注いでいるところだった。

「朋くん、こんなにかわいい洋服を用意してくれてありがとう。サイズがぴったりでびっくりしちゃった」

特にブラジャーなんて、そう簡単にフィットするものじゃない。

「それはよかった」

「……もしかして、昨夜の〝あれ〟でわかっちゃったの？」

ふと、そうなのではないかと質問する。

朋久ほどの男なら、見たり触れたりしただけで、女性のスリーサイズがわかってしまうのか。

「まあね。だいたいは」

そう言いながら胸を掴むような手の仕草をするから――。

「朋くんのエッチ！」

激しく抗議する。

そして、それほどまでに経験を重ねているのだと知り、密かに落ち込む。

菜乃花はまだたったの一回だし、歴代の女性たちと比べられたら敵うはずもない。

「嘘だよ。そんなんでわかるわけがないだろ。俺の手はメジャーか」

だったらどうして？と不思議顔で見つめ返す。

「菜乃が脱いだ下着を確認しただけ」

「えぇっ、それもエッチ！」

どっちにしても恥ずかしい。

「じゃあどうしたらよかったんだよ」

「私に直接聞いてくれれば」

「気持ちよさそうに寝てるのに起こせないだろ。あ、ちなみによだれも垂れてたぞ」

「うそっ⁉」

朋久がにやりと笑う。

「ってのは冗談」

「もーっ」

毎度毎度よだれをジョークに使うのはやめてほしい。色気がなさすぎて悲しくなる。

「とにかく座って。食べよう」

ボーイよろしく椅子を引き、菜乃花を座らせた。

「ひとつだけ言っておくけど、俺は菜乃花が想像するほど恋愛の場数は踏んでないぞ」

テーブルに手をつき、菜乃花の顔を覗き込む。

「そうなの？　モテモテなのに？」

「仕事が忙しかったし、菜乃花と暮らすようになってからはまったくない」

女性の影がないのは知っていたが、菜乃花に気づかれないようにしているのだと思っていた。

「じゃあ昨夜は……久しぶり？」

「かなりね。だから菜乃花は、責任を持って今夜から俺の相手をするように」

毎晩とでも言いたげな様子に鼓動が跳ねる。

でも朋久が求めてくれるのなら応えたい。

「……がんばります」

ボソボソと意気込みを口にしたら朋久は目を丸くした。

「珍しくしおらしい」

「なっ、そんなふうに言うならがんばらないよ？」

「いいよ。菜乃花がしたくなるように仕向けるから」

「仕向けるって……！」

あれこれと妄想に花が開きそうになるが、なにしろ菜乃花は経験が乏《とぼ》しいため想像のネタがない。

「とりあえず食べよう」

「な、なにを？」

「なにって、朝食以外にあるか？」

「あ、そか。そうだね。い、いただきます」

てっきり菜乃花を食べるのかと身構えたら、朋久がクククと笑う。

「菜乃は今夜のメインディッシュだ。楽しみにしてる」

耳元で甘く囁かれ、菜乃花は胸が大きく高鳴るのを止められなかった。

悲しき出生の秘密

四月に入り、京極総合法律事務所に新人たちが入所してきた。

現在は研修中だが、所内のあちこちでそのフレッシュな姿を見かけるたびに、朋久は当時の自分を思い出し、身が引きしまる。つい先ほどもエレベーターの前で元気よく挨拶されて新鮮な気持ちになった。

自分が新人の頃はあんなに初々しかっただろうか。十年前を思い返しながら自室の応接セットに腰を下ろし、パラリーガルの野々原と向かい合った。

「先生、やはりここが大元でしょうかね」

テーブルの真ん中に置いたタブレットの上で頭を突き合わせる。

「だろうな」

少し前に父、浩平から引き継いだ地上げ屋の件である。調査部と連携し、悪質な地上げの裏で手を引いている会社の存在を突き止めていた。

売買契約を結んだあとに約束の入金がない、偽りの署名で支払いの無効を申し立てて土地を騙し取るなど、バブル期に横行した手口と変わらぬ被害が報告されている。

問題は、その会社である。

「ここが絡んでいたとはな……」

信じたくはないが、調査結果は明らか。疑う余地はない。

「先生、ご存じなんですか？」

「直接関わりはないが知ってる。……ともかく、もう少し詰めてから動こう」

「承知いたしました」

野々原がタブレットで開いていた資料を閉じて引き上げる。

「ところで、今日は京極先生にひと言申し上げたいことがあるんですけど」

その目はどこか朋久を責めているようにも見えた。

「若槻さんの彼氏って、京極先生だったんですね。先生も人が悪いなぁ。彼氏はいるんでしょうかって僕が聞いたとき、まるで他人事みたいに『いるんじゃないか』なんて。ご自分だったならそうおっしゃってくだされればよかったのに」

不満たっぷりに朋久に言い立てる。

野々原とふたりきりで話すのは、その時以来。地上げ屋の案件でも顔は合わせていたが、調査部の顔ぶれもあったため控えていたに違いない。これまでずっとフラストレーションを抱えていたのだろう。

「悪かった。あのときはそうごまかす以外になかったんだ」

「まぁ京極先生の人気は凄《すさ》まじいですから、女性たちの反応を考えると結婚まで黙っているのが正解でしょうけど」

まさかそのときには付き合ってもいなかったとは言えない。

「でも若槻さんが妻なんて先生が羨ましいです」

「だろう」

「あぁいいなぁ。幸せが体じゅうから溢れてますよ。仕事もますます精力的ですし」

菜乃花と想いを伝え合ってから三週間が経過し、人はこれほど幸せを感じるものなのかと驚くほど充足した日を送っている。

ここ七年の間、彼女とは毎日一緒に過ごしていたはずなのに、もっとそばにいたいがために飛んで帰る毎日。毎晩のように菜乃花を求め、呆れるくらいに抱き合い、何度も何度も愛の言葉を交わし合う。

どれだけ彼女と繋がっても、それで十分とはならない。自分がここまで貪欲《どんよく》な男だとは知らなかった。――もちろん菜乃花限定ではあるが。

「さて、このあとは神戸《こうべ》に飛ばなければなりませんね」

「そうだな。三十分後にエントランスに集合しよう」

腕時計で時間を確認して野々原に指示する。

株式譲渡契約を結ぶため、今日から二日間の出張だ。仲介から受け持ったM&Aがいよいよ最終段階に至る案件があり、譲渡先の企業へ訪問することになっていた。

「かしこまりました。では三十分後によろしくお願いします」

野々原と別れて二十九階のフロアに行くと、そこに珍しく菜乃花の姿があった。

「菜乃」

通路に誰もいないため遠慮なく手招きで呼び寄せる。

周りを窺《うかが》うようにしてから朋久のほうに早足でやってくる姿が、用心深い仔猫のようでかわいらしい。

「京極先生、お疲れさまです」

ほかの人の目がないとわかっていても律儀《りちぎ》に公私を区別する菜乃花の真面目さは誇らしいが、その堅さを崩したくなる危険性も孕《はら》んでいるのを彼女は知らない。

「菜乃、おいで」

「ひゃっ」

小さく悲鳴をあげた彼女を自分の部屋に引き入れる。ドアをすぐさま閉め、ふたりだけの空間を作り上げた。

「京極先生、今は仕事中です」

表情をきりっと引きしめ、朋久を見上げる。

こうされてもなお、その姿勢を崩さないとは大したものだ。

「そう堅いことを言うな。せっかく仕事中に菜乃に会えたんだ。少しくらいはいいだろう？　どうしてこのフロアに？」

「武本先生に新入所員たちが記入した研修日誌をお持ちしたんです」

菜乃花が抱えていたクリアファイルの束を朋久に示す。

「未だに手書きなんだな。プラットフォームを整備してＤＸの推進をしていったほうがいいんじゃないか？」

「それなら間もなく整備が完了する予定です。入所したときからぜひ進めたいと考えていたことなので。人事課で管轄している労務関連の届出なども効率化が図れるかと思います」

「へぇ、菜乃が推し進めたのか」

「提案したのは私ですけど、プラットフォームを作ったのはＩＴ会社の方ですから」

菜乃花は謙遜するが、そういったアイデアはなかなか出せるものではない。入所三年目になり、近頃は自信もついてきたようだ。

自分の妻ながら誇らしくなり、腕を掴んで引き寄せ、軽く触れるだけのキスをした。

「と、朋くんっ、ダメだってば……！」

不意をついたため、それまで堅い態度を貫いていた菜乃花がプライベートモードになる。驚いた顔がほんのり赤く染まり、かわいらしさに拍車がかかった。

いっそ唇を割ってソファに押し倒してしまいたいが、そんなことをして菜乃花に嫌われたくはない。

「これから大事な契約があるから、うまくいくためのおまじないだ。許せ」

キスを正当化するための理由を並べた。

「今日だけだからね」

ちょっと怒ったような表情に妙に色気がある。

初めて女の悦びを知ってからの菜乃花は、急速に色香が増している。ときに幼さが混在するときもあり、それがかえって朋久の心をかき乱すからたまらない。

部屋のドアがノックされたのは、菜乃花が今まさにドアノブに手をかけようとしたときだった。

「はい」

朋久の返事に秘書がドア越しに名乗る。

菜乃花が女豹《めひょう》のようにしなやかな動きで執務机の向こうに身を隠した直後、秘書が入室してきた。

「失礼します。……いかがされましたか？」

突然のかくれんぼがおかしくて笑いをこらえていると、秘書が怪訝《けげん》そうに朋久の様子を窺う。

「あ、いや」

急いで表情を引きしめ、通常モードにシフトチェンジ。何事もなかったように取り繕った。

「このあとは東日本キャピタルソリューション様の株式譲渡契約がございますが、そろそろお車の準備をしてもよろしいでしょうか」

「そうだね。そうしてもらえると助かるよ」

「承知いたしました」

一礼して秘書が部屋を出たのを見計らい、デスクに隠れた菜乃花のそばに屈《かが》み込む。

「隠れる必要なんてないだろう？」

ふたりの結婚が内密ならまだしも、所内に知れ渡っているのだから。

「仕事中に会うのは不謹慎だから」

「だったら、菜乃を俺の秘書に任命しようか。そうすれば、出張にも一緒に連れていけるし、普段はこの部屋で一緒に過ごせる。名案じゃないか？」

四六時中、菜乃花をそばに置き、顔を見ていたいとは相当重症だ。

「それはダメ。私の心臓が持たないから」

どういう意味かと首を傾げたら、菜乃花は困ったように笑った。

「ドキドキしちゃって仕事にならない」

なんてかわいいのか。なんて愛しいのか。

こんなにも愛らしい存在が、二十年以上も前からそばにいたことに気づいたのが最近だというのだから、自分の愚かさが情けなくなる。

「菜乃」

優しく名前を呼んで彼女の頬に手を添える。

「俺が不在の二日間、おりこうにしてるんだぞ」

「もうっ、子ども扱いしないで」

菜乃が拗《す》ねたように笑う。

デスクに隠れたまま、もう一度触れるだけのキスをした。

＊＊＊＊＊

朋久が明日の土曜日まで神戸に出張のため、菜乃花は久しぶりにひとりきりの夜を過ごしていた。

簡単なもので夕食を済ませ、お風呂に入ろうと準備していると、ソファに置いていたスマートフォンが賑やかな音を立てて鳴りはじめた。

朋久かもしれないと飛びついたが、充の父、廉太郎だった。

耳に押しあてて挨拶をすると、廉太郎が話しだす。

《菜乃花ちゃん、充から聞いたんだけど……》

おそらく結婚のことだろう。心なしか声が暗いのは、前回の電話のときに充との交際を勧めてきた経緯があるからに違いない。

廉太郎にも報告すべきだったかもしれないと今さらながら思った。亡くなった父の従兄だから、菜乃花には数少ない血縁者だ。

「おじさま、ごめんなさい。報告が遅くなっちゃった」

《彼とそんな関係になっていると、どうしてもっと早く話してくれなかったんだ》

明るく返した菜乃花と対照的にやけに低い声だ。

「……ごめん、なさい」

詰問口調だったため、困惑しながらもう一度謝る。

(そこまで真剣に充くんと結婚させたかったの……?)

驚かれるのは想定済みだが、祝福ムードがまるでないのは少し寂しい。おめでとうのひと言くらいくれてもいいのにと残念だ。

《今すぐ離婚したほうがいい。いや、すべきだ》

「……え?」

予想の斜め上をいく反応に耳を疑う。

どうして離婚しろなんて。充との交際を進めたいがためにしては、あまりにも理不尽だ。

《菜乃花ちゃん、聞いてるか?》

「……充くんとはお付き合いしないって」

《そうじゃない。菜乃花ちゃんと彼、京極朋久くんとの問題だ。結婚する前に話してくれれば、いや、そもそもふたりが一緒に暮らすこと自体がいけなかったんだよな》

菜乃花と朋久の問題? そもそも同居自体がダメ?

廉太郎の話の意図が掴めず、頭の中にクエスチョンマークが行進する。

「おじさま、いったいどういう意味？」

的を射ない言いがかりを聞き返した菜乃花だったが……。

《キミたちは……》

廉太郎が口にした言葉は、あまりにも非現実的すぎるものだった。

「そんな冗談はやめて、おじさま」

《いや、冗談じゃない》

笑い返すが、廉太郎は決して態度を変えない。

まさかそんなはずは——。

何度も聞き返したが、廉太郎は《信じたくないかもしれないが、事実だ》と繰り返すだけ。耳が拒絶反応を起こして廉太郎の声が聞き取れない。

（嘘でしょ、そんなわけない）

そう打ち消すのに、廉太郎がことごとく否定をして畳みかける。

電話を切る間際にも《早いところ離婚するんだ。子どもでもできたら大変な事態になるぞ。わかったな？》と何度も念を押した。


眠れない夜は初めてかもしれない。

母を亡くしたときも父を亡くしたときも、一睡もできないなんてなかった。

朋久のいないベッドで何度も寝返りを打ち、遅すぎる時間の流れに鬱々としながら、ようやく東の空が白みはじめた頃、菜乃花は着替えてマンションを出た。

まだ完全に目覚めていない街は、静粛な時を刻んでいる。大通りでタクシーを捕まえ、廉太郎から告げられた衝撃的なひと言に動揺したまま実家を目指した。

廉太郎が『自宅に行ったら、なにかそれに繋がるものがあるかもしれない』と言っていたためである。

全然眠っていないのに、車に揺られても睡魔にも襲われない。頭の中は〝あるワード〟でびっしり埋め尽くされていた。

久しぶりにやってきた実家は、当時の面影そのまま。父の葬儀のあとに時が止まり、ここだけ取り残されたよう。今にも父が『おはよう』と寝室から起きてきそうだ。

真っ先にその寝室へ足を運ぶ。

十四畳ほどの部屋には布団こそないが、大きなベッドが真ん中に残されている。開けたクローゼットの中は洋服や小物がびっしり。父が悲しみから母の遺品を処分できず、ほとんど手つかずのまま父まで亡くなったため、生前の頃と変わらないものが収納されている。

両親とも几帳面なタイプで、クローゼットの中はしっかり分類されて美しい状態。ダンボール箱やケースに乱雑に物が入っていることもなく、たった今整理したように綺麗だ。

「ここにはなにもなさそう」

廉太郎の言っていた〝繋がるもの〟がなんなのか想像もつかないが、少なくとも洋服類にはないだろう。寝室内の引き出しを開けたが、やはりそれらしいものは見つからず、一階のリビングに向かった。

そこは母がもっとも長く時間を過ごしていた場所。ベージュの布製のふたり掛けのソファは特に母のお気に入りで、そこに座り、よく小説を読んでいた。

大好きなミステリーはリビングの一画にある扉付きの棚に並べて収納され、その本たちは今もここにある。

扉を開けたら懐かしさが込み上げ、そのうちの一冊を手に取る。それは母が特に好きで何度も読み返していた、恋愛を絡ませたミステリー小説だった。棺《ひつぎ》に入れてあげればよかったと後悔したものだ。

なんとはなしに本棚の下にある引き出しに手をかける。たしかそこは、届いた年賀状や手紙の類いが収納されていたはず。父が亡くなったときに一度、通帳を探して開けた記憶がある。結局ここにはなくて、べつの棚から出てきたが。

年賀状の束を取り出すと、なにかがはらりとフロアに落ちた。写真だ。

(誰の写真だろう。お母さんと……)

しゃがんで拾い、まじまじと見る。

(――嘘……おじさまだ)

若かりし頃の母と一緒に写っている男性は、朋久の父だった。母の肩を抱き、仲睦《なかむつ》まじそうに頬を寄せて並ぶツーショット。なにも知らない人が見たら、百人中百人が恋人同士だと認識するような写真だった。

鋭い刃物でひと突きされたような衝撃が胸を襲う。

「あの話は本当だったの……?」

廉太郎が言っていたことを裏づける写真を前にして、視界がぐらりと揺れ、目眩《めまい》を起こした。立っていられず、思わずその場にしゃがみ込む。

『キミたちは……兄妹だ』

廉太郎の言葉が頭をぐるぐる駆け巡《めぐ》り、胸を容赦《ようしゃ》なくえぐる。

菜乃花は、朋久の父である浩平と、母・珠美《たまみ》との間にできた子なのか。廉太郎が言っていたことは真実なのか。

珠美が浩平の法律事務所で働いていたのは知っている。浩平が、菜乃花の父・信吾《しんご》に珠美を紹介したことも。

少なくとも今、菜乃花が手にしている写真のふたりは、仕事上の付き合いだけにとどまらない雰囲気に溢れている。

写真に印字されているのは、菜乃花が生まれる二年前の日付。ふたりは珠美が結婚する前に付き合っていた——つまり不倫関係にあったと言うのか。

廉太郎の証言と写真が指し示す答えに体が震える。

いや、そんなはずはない。

そう必死に打ち消すが、一度抱いた疑惑は菜乃花の頭と心を渦巻く。透明な水に落とした真っ黒い絵の具のように、あっという間に広がっていった。

しばらく呆然と座り込んでいた菜乃花だったが、バッグからスマートフォンを取り出して朋久の連絡先を表示させる。彼に電話をかけようと発信をタップしかけ——指を止めた。

とてもじゃないが、こんなショッキングな話を朋久にはできない。

（どうしよう……）

途方に暮れる以外になく、今にも全身から力が抜けてその場に倒れてしまいそうだ。

それでもどうにかこうにかこらえ、スマートフォンの履歴を辿《たど》り耳にあてる。

「もしもし、菜乃花です……」

《あぁ菜乃花ちゃん、どうした》

「朝早くにごめんなさい。おじさまと直接会って話がしたいの」

《そうか。わかった。それじゃ……》

廉太郎が指定した待ち合わせ場所をメモし、菜乃花は実家をあとにした。

ようやく動きだした街は、土曜日のせいか平日よりもどこか時間の流れがゆっくりだ。それにさえ乗り遅れているように感じながら、菜乃花は指定された店に足を踏み入れた。

早朝からオープンしている駅前のコーヒーショップは、まだ人もまばらで廉太郎の姿もない。

カウンターでホットカフェラテを受け取り、一番奥のテーブルに座る。

(きっと違う。なにかの間違い。私と朋くんが兄妹なんて絶対にあり得ない話よ)

写真だけで決めつけるのは早すぎる。廉太郎もなにか勘違いしているのではないか。そうに違いないと、無理やり自分を納得させる。そうでもしないと、じっと座っているのもつらいほど激しく動揺していた。

　スティックシュガーを一本入れてくるくるかき混ぜていると、廉太郎が現れた。

「菜乃花ちゃん、お待たせ」

　手にしていたホットコーヒーのカップをテーブルに置き、菜乃花の向かいに腰を下ろす。

　菜乃花の父よりふたつ年上の廉太郎は穏やかな顔立ちこそ似ているが、スリムな信吾に比べたら大柄な体格だ。ここの小さな椅子では少し窮屈そうである。

「おじさま、こんな早い時間にごめんね」

「いや、それはいいけど。例の話だろう？」

　早朝から呼び出されたうえ、昨日の今日なら廉太郎が簡単に察して当然だ。

　菜乃花はバッグの中から、先ほどの写真を取り出してテーブルの上を滑らせた。

「これ、実家で見つけたの……」

　廉太郎は目を見張り、それを手に取ってまじまじと凝視する。

「こんなものが残っていたのか」

　引き出しにはほかに写真はなく、年賀状の束の下に一枚だけ差し込まれていた。信吾が亡くなった際に一度開けた記憶はあるが、菜乃花はそのときには気づかなかった。

「でも本当なの？　本当に朋くんのお父さまと母はそういう関係だったの？」

写真はいかにもそうだが、信じたくない気持ちのほうが大きく、確認せずにはいられない。

「残念ながらそうだ。信吾はそれを承知のうえで珠美さんと結婚したんだよ」

「そんな……」

朋久からも、彼の父親からも、そんな話は一度も聞いたことがない。そんな仲だったのなら、両親が結婚すると同時に疎遠になるほうが自然ではないのか。

元恋人同士のふたりが、それぞれに家庭があるのに付き合いを続けていたのが信じられない。それが不倫だったのならなおさらだ。

「ちなみにその事実を知っているのは私だけだ。京極の奥さんはもちろん、朋久くんも知らないだろうよ」

不倫はみごとに隠し通していたのだと廉太郎が言う。

「……おじさまは、父や母から相談されたの？」

「相談というか……報告だな」

どうしてわざわざそんな報告をしたのだろう。秘密なら、わざわざ廉太郎に話す必要はなかったのに。父は廉太郎とそんな深刻な話をするほど仲がよかっただろうか。

「……母と京極のおじさまは、本当に不倫なんて――」

「していたんだよ」

訝る菜乃花を、廉太郎が遮る。ビクッとしてしまうほど強い口調だった。

「……あ、悪かった。菜乃花ちゃんがあんまり疑うものだから」

「ごめんなさい。まだ信じられなくて」

両親は近所でも有名なおしどり夫婦だった。ふたりにそんな暗く重い過去があったなんて、そう簡単に納得はできない。

「私が嘘をついていると？」

「ううん、そうじゃないの。ごめんなさい」

眉をひそめた廉太郎に慌てて謝る。

「私が京極のおじさまの娘だなんて……」

ふたりが不倫関係にあっただけでなく、実は父親が違うと言われて素直に受け入れられない。生前の父は、菜乃花をとてもかわいがってくれていたから。

「菜乃花ちゃんは、本当に京極浩平と珠美さんの子なんだ」

「それならどうして京極のおじさまは自分の息子と私の結婚を許したの？」

腹違いの兄妹なら結婚を阻止して当然だし、それ以前に、昔不倫していた相手の娘と自分の息子が同居すると聞いた時点で反対するほうが自然ではないか。

しかし浩平は、結婚の報告をしたときにも手放しで喜んでいた。

「京極浩平は知らないんだ、菜乃花ちゃんが自分の娘だとね。信吾と結婚することになったときに、珠美さんは初めて京極の子どもを妊娠していると知ったんだよ」

廉太郎によれば、結婚を思いとどまろうとした珠美を説得し、自分の子どもとして育てると信吾が決断したという。

両親が授かり婚なのは知っていたが、まさかそんな事実が隠されていようとは。

「不倫していたうえ、そのときに授かった子どもだったのに、別れたあとも京極のおじさまたちと交流を持っていたなんて……」

それも、菜乃花の本当の父親だと知りながら。普通の神経では考えられない。

「私もそのあたりは理解に苦しむんだがね……」

両家でお茶会や食事会は頻繁だったし、お互いの家にしょっちゅう出入りしていた。

ふたりはいったいどういう気持ちだったのだろう。まったくわからない。

「それなら、おじさまはどうして私が朋くんと一緒に暮らすと決まったときに話してくれなかったの？」

そのときに打ち明けてくれれば、少なくとも傷は浅くて済んだのに。なぜ今なのか。

「いやあ、それを言われると私もつらいんだがね……。ほら、ふたりは兄妹のような間柄だったし、八歳も離れていれば間違いは起こらないだろうと楽観視していたんだ」

廉太郎は微かに目を泳がせ、必死に弁明する。罪悪感で喉が渇くのか、冷めたコーヒーを一気に飲み干し、それだけでは足らずに水のグラスも空にした。

母の不倫と自分の出生の秘密――。

目を開けているのに、いきなり真っ暗闇の穴に突き落とされた感覚だった。

母の不倫だけでなく、朋久と菜乃花が兄妹。それが事実だとしたら、あまりにもむごすぎる。

「おじさま、お願い、違うと言って」

どうしても認めたくなくて、頭で考えるより早く口が動く。

廉太郎がひと言、違うと言ってくれれば、それですべて忘れられるから。悪いジョークのひとつだと笑い飛ばして終わりにできる。

「菜乃花ちゃん、そこまで信じられないのならＤＮＡ鑑定をしてみるか？」

「……え？」

願いとは違う方向に話が転がっていく。ＤＮＡ鑑定とはただごとではない。

「はっきりとした結果がないと信じられないんだろう？　それなら鑑定は手っ取り早

いし確実だ」

「DNA鑑定……」

自分とはまったく関わりのないものだと他人事のように考えていた存在が、突然目の前まで迫ってきた。

廉太郎の言う通り、その検査を受ければ真偽がはっきりする。

（でも……）

そうするのが一番だとわかっているが、白黒をつけるのが怖い自分がいるのも事実。公に兄妹と判定されたら、違うかもしれないというわずかな希望がいっさいなくなる。

「その気になったら、いつでも電話をしておいで。おじさんは菜乃花ちゃんの味方だからね。あ、それから、この話は京極家の人たちにはしないほうがいいだろう」

「……それはわかってます」

幸せな家庭に波風を立てるような真似はしたくない。浩平と母が不倫していた過去を浩平の妻が知らないのなら、わざわざ知らせて悲しませたくはない。

そのうえ血の繋がりのあるふたりが結婚してしまったと知れば、浩平も寿々も、もちろん朋久だって取り返しがつかないほど深く傷つくから。

廉太郎は最後にもう一度念を押してコーヒーショップをあとにした。

すっかり冷めきったカフェラテに口をつける。砂糖を入れたはずなのにまったく甘みを感じず、コーヒー特有の苦みがわずかに口に残った。

廉太郎と別れてマンションへ帰ってきた菜乃花は、なにをする気にもなれず、リビングのソファに体を預けたままいたずらに時間が過ぎていった。

いつの間にか夜が訪れ、自動でついたフットライトだけが灯る。薄明かりの中、思考は停止。ぼんやりとしていたら、突然明かりがついた。

「菜乃、電気もつけないでどうしたんだ」

出張から帰った朋久だった。

「……おかえりなさい」

いきなり明るくなったため目が眩む。どんな顔をしたらいいのかわからず、視線を彷徨《さまよ》わせた。

「なにかあったのか？」

ブリーフケースを置いた朋久が、ソファに座る菜乃花の前に跪く。

「な、なにもないよ。ちょっと眠ってて、今起きたところだったの」

いかにも眠そうなのを演じるために目を擦った。

「こんな時間に寝たら、夜眠れなくなるぞ」

「子どもじゃないんだから」

「あぁ子どもだからこそ、いくらでも眠れるか」

いつもの調子でからかわれたのに軽く言い返せず言葉に詰まる。

頭の中を驚愕《きょうがく》の事態が占拠しているせいで朋久との会話に集中できず、笑って返せる心理状態でもない。

「菜乃？」

「あ、ごめん。すぐになにか作るね」

立ち上がりかけた菜乃花の手を掴み、朋久が引き寄せる。

唇が重なる寸前で、菜乃花はとっさに顔を逸らした。

「……あ、あのね、ちょっと風邪気味なの。朋くんにうつしたら大変だから」

朋久が訝しげな表情をしたため、急ごしらえの理由を大慌てで並べる。

「風邪？　熱は？」

朋久が額と額をコツンとぶつける。

間近に彼の目が迫ったため、焦点が定まらない。いつもなら遠慮なく見つめ合い、
そのままキスをしてもおかしくない状況だ。

「な、ないから大丈夫」

パッと顔を離す。

「それじゃ料理は無理するな。俺がなにか作る」

「だけど朋くんは出張から帰ったばかりで疲れてるのに」

「べつに疲れてないから心配するな」

朋久は菜乃花の頭をポンポンとしてから立ち上がった。

別れの痛みに胸を焦がして

「……きさん、これ、今日の午後の座学研修の追加資料。……若槻さん？　聞いてる？」

「あっ、はい、すみません。なんでしょうか」

「なんでしょうかって」

マネジャーの高坂が少し呆れたように眉を上げ下げする。

自席でパソコンに向かっていた菜乃花だったが、上司に声をかけられてもまったく聞こえていなかった。

「若槻さん、ここ数日おかしくない？」

「いえ、そのようなことは」

急いで首を横に振り、取り繕って表情を引きしめる。仕事中にボーッとするなんてどうかしている。

「らしくないよ？　大丈夫？」

「申し訳ありません。大丈夫です」

頭を下げ、用件をもう一度尋ねる。

高坂は菜乃花に資料を手渡し、首を捻りながら自分のデスクに戻っていった。

「菜乃花、ほんとはなにかあったんじゃない？　マネジャーの言う通り、おかしいよ。なんとなくうわの空だし」

向かいの席の里恵がパソコンの横から顔を覗かせる。

「ごめん、ほんとになんでもないの。あ、そうだ、ちょっと寝不足続きだからかも。このところドラマのＤＶＤに夢中になっちゃって」

菜乃花は高坂に手渡された資料をデスクの上でトントンと整えた。

「そうなの？」

「うん」

なんとか笑顔でごまかしたが、唇の端がどうしても引きつる。

廉太郎のカミングアウトから五日、菜乃花はずっとこんな調子だ。

風邪を理由に朋久のキスをかわして以来、どう接したらいいのかわからなくなっている。大好きな朋久がとても遠い存在に思えてならない。

夫になってしまったからこそ、兄の呪縛《じゅばく》がとてつもなく重く菜乃花にのしかかる。

まだ朋久が兄だと決定したわけではないのに、あの写真と廉太郎の話が菜乃花の心をがんじがらめにしていた。

身動きが取れず、深い水の底を漂っているよう。満足に空気も吸えず胸が苦しい。

(やっぱりこのままじゃダメ。はっきりさせないと)

この五日間、ずっと迷っていた。

DNA鑑定を受けて、朋久と兄妹だと判明するのが怖かった。

でも、違う可能性だってないわけではない。なんらかの理由で廉太郎が勘違いをしているかもしれないのだから。

いつまでも悩んでいてもはじまらない。事実は事実だと受け止めなければ。

そう決心した菜乃花は翌日、廉太郎に会う約束を取りつけた。

待ち合わせ場所は前回と同じコーヒーショップ。仕事を終えた菜乃花が駆けつけると、廉太郎は先に到着していた。

「おじさま、忙しいところごめんなさい」

「いやいや、いいんだよ。かわいい菜乃花ちゃんの頼みだからね。それで、持ってきたかい?」

廉太郎は、菜乃花が椅子に腰を下ろすなり早々に尋ねてきた。

バッグの中から封筒を取り出した菜乃花は、それを彼の前に置く。

「朋くんと私の毛髪が入っています」

ふたりのＤＮＡを調べて血の繋がりを調べる以外に、今抱えているモヤモヤは晴らせない。

「それじゃ、すぐにでも鑑定を依頼しよう」

「おじさまの知り合いにそういった検査をする機関にお勤めの方がいらっしゃるの？」

「ん？　ああ、そうなんだよ」

廉太郎はコーヒーカップを手に取って口をつけ、「熱っ」とすぐさま遠ざけた。

「おじさま、大丈夫？」

「ああ、大丈夫だ。ところで菜乃花ちゃん、今度充と三人で食事でもどうだい？　しばらくそういうこともなかっただろう。充も菜乃花ちゃんと話したがってるんだよ」

「ごめんなさい、おじさま。今はそれよりも……」

廉太郎に渡した封筒に目線を落とす。

はっきりさせなければ、誰かと食事をする気分には到底なれない。

「そうか、そうだな。悪かった。では早急に鑑定してもらえるよう、私からお願いしておくから。菜乃花ちゃんはなんの心配もしなくていい」

「お忙しいのにすみません。よろしくお願いします」

両手を膝の上で揃えて頭を深く下げた。


その夜、朋久とふたりで自宅マンションで夕食を食べ終え、キッチンの後片づけをしていた菜乃花は、不意に後ろから抱きすくめられた。

「菜乃、まだ体調が悪いのか？」

「あ、ううん、もう大丈夫だよ」

「そのわりに元気ないな」

ギクッとしてシンクを拭いていた手が止まる。

「そ、そうかな。元気モリモリだよ」

無理に笑顔を作って再び手を動かしたが、朋久に体を反転させられた。

「俺の目を欺《あざむ》けると思ってるのか？」

まっすぐに向けられる視線が痛いのは隠し事をしているせいだろう。目を逸らしたくてたまらないが、ここで逸らしたら嘘を認めるのと同じ。必死に見つめ返した。

「なにかあったんだろう」

「じつは……」

耐えきれずに視線を外した。

「なにがあった」

「研修でちょっとミスっちゃって」

とっさに思い出した失敗を引き合いに出す。

「研修でミス？　新人たちの研修か」

「うん。公開フォルダに入れる資料を間違えちゃったの」

これは実際にしでかした失態だ。そのせいで講義を一時中断して資料を差し替えなければならなかった。

「菜乃がミスるなんて珍しいな」

「朋くん、私のこと買いかぶりすぎだよ」

「いや、総務部の部長がよく褒めてる」

「朋くんの奥さんを悪くは言えないでしょ。お世辞だよ」

次期代表弁護士である朋久の心証を悪くするのは避けたいはずだ。

「そんなわけあるか。菜乃はもっと自信を持っていい。俺が言うんだから間違いない」

そうまで言ってもらって、いつまでも謙遜していられない。「ありがと」と目線を上げると朋久と再び視線が合い、不意に甘い空気が舞い降りた。

先ほどの探るようなものではなく、熱を帯びた眼差しに胸が疼《うず》く。

（もしも半分だけでも血が繋がっていたら、溢れるほどのこの想いは罪になるの？

朋くんを愛する気持ちは許されないものなの？）

まるで溺れているよう。息が詰まって苦しい。

鑑定なんてやめておけばよかった。真実なんてうやむやのままでよかった。

（そうすれば、朋くんとずっと一緒にいられたのに——）

無理に明らかにしなくても、それだけで幸せだったはずだから。兄妹の可能性を残していたとしても、事実を知らなければ血の繋がりはないのと一緒だ。

「菜乃」

愛しさを込めて名前を呼ばれ、キスを予感する。

どうか、キスくらいは許して。

そう願うと同時に、べつの自分がブレーキをかける。

——やっぱりダメ。

彼の胸を押さえて止めた。

朋久の顔色が変わるより早く、口を開く。

「朋くん、あのね、ＤＶＤを買ってきたの。アクションもの、好きだったよね？　お風呂入ったら一緒に観ようよ。私、急いでここ片づけちゃうから」

菜乃花はくるっと向きを変え、手に持ったままだった布巾でシンク回りを拭きはじめた。背後で朋久が困惑しているのは察したが、忙しいふりを決め込む。

そのまましばらくとどまっていた朋久が「先に風呂入ってくる」とキッチンを離れると、菜乃花は大きく息を吐いてその場に座り込んだ。

＊＊＊＊

明かりを落としたホームシアタールームに迫力のあるサウンドが響く。

朋久は菜乃花と並んでソファに座り、彼女が買ってきたアクション映画を観ていた。すべてを失った殺し屋の復讐劇を描いたガンアクションものだ。一年前のロードショーで話題になったが、観そびれていたのを菜乃花は覚えていたのだろう。

一緒に観ようと誘った張本人は、はじまってものの二十分で寝息をたてていた。

菜乃花の様子がおかしいと朋久が感じはじめたのは、神戸出張から帰った日だった。

真っ暗な部屋でソファに座っていた菜乃花は眠っていただけと言ったが、それが嘘だと簡単に気づくくらい朋久は彼女をよく知っている。

一緒に過ごしてきた時間が長いからこそ、想いを通わせてからは彼女の瞳や唇の小さな動きである程度の気持ちは読み取れる。

出張から帰って以来、菜乃花とは体を重ねることはおろかキスもしていない。それまで毎日あたり前のようにしていた〝おはようのキス〟も〝おやすみのキス〟も、避けられ続けている。

風邪や生理を理由にセックスを控えるのは当然としても、キスを避ける理由にはならない。彼女はさりげなくかわしているつもりかもしれないが、不自然さは一目瞭然。なにかがあったのは確実だ。

それも、ふたりの関係を揺るがすほどの大きな事件が。

菜乃花が朋久を避けるなどこの二十四年間一度もなかったのだから、異常事態と言っていいだろう。

ほかに好きな男ができたか。――いや、まさか。

これまで朋久だけを好きでいてくれた菜乃花が、ほかの男に目を向けるはずがない。

そんな多大な自信とは裏腹に、もしかしたらという疑念も少なからずあった。

朋久の心を手に入れた成果に満足し、価値が一気に暴落してもおかしくはない。それまでの想いが大きければなおさらだ。

今夜、DVDを一緒に観ようと誘ったのも、セックスを回避するためだろう。

鮮やかなアクションを繰り広げる映画のサウンドをものともせず、菜乃花はすやすやと気持ちよさそうに寝ている。

ここ数日、彼女がよく眠れていないのも朋久は気づいていた。

「菜乃、なにがあったんだ。俺にも話せないようなことって、なんなんだよ」

語りかけても、返ってくるのは寝息だけ。

心あたりがないのがもどかしく、苛立《いらだ》ちすら覚える。

しかし朋久は、菜乃花を手放すつもりは毛頭ない。誰にもふたりの仲は割けないし、もしもそんな真似をする奴が現れたら、容赦なく潰すだけだ。

朋久は眠る菜乃花の頬に唇を押しあてた。

＊＊＊＊

二週間後、廉太郎から連絡があった。

ほかでもなく、鑑定結果が出たことを知らせるもの。その場で真偽を確かめたかったが、廉太郎はまだ開封しておらず一緒に確認しようと言われたため、その後の仕事はここ最近の中でもっとも手がつかない状態だった。

待ち合わせをしたのは、前回と同じコーヒーショップ。廉太郎とはほぼ同時に到着し、それぞれコーヒーを頼み、テーブルに着いた。

「おじさま、結果は」

はやる気持ちを抑えられない。

「ここにある」

廉太郎がブリーフケースから取り出した、大きな封筒をテーブルに置く。

その中に、菜乃花の運命を左右する結果が記されている。そう考えた途端、心臓が異様な速さで刻みはじめた。

急く心に反して、開封するのが怖い。

いよいよ真実が明かされるとき。それを開いたが最後、もうもとには戻れない。

「菜乃花ちゃん、開けて」

「……うん」

封筒を取ろうとした手が震えて一度掴み損ねたが、なんとか手にして封を切った。

目を閉じたまま忍ばせた指先で中身を取り出す。

この薄い報告書は、菜乃花の一生を変える威力を、確実に持っている。

（――お願い、違うと言って）

耳の奥で反響する心音に押されるようにして目を開けた。

〝公的兄弟姉妹鑑定〟と大きく書かれた表紙をめくり、わからない単語や数字が並んだ表から目を下へ下へと滑らせる。

（嘘、でしょう……）

被験者の名前の下に大きなフォントで書かれた総合評価の欄に目が釘づけになった。

「菜乃花ちゃん、どうだったんだい？」

向かいから首を伸ばした廉太郎に、なにも言わず報告書を広げる。

「……やはりそうだったか」

廉太郎は息を深く吐き出しながら呟いた。

【99・99％の確率で異母兄弟姉妹であるといえる】

無情にも報告書にはそうあった。

（99・99％……？）

限りなく100％に近い数字に視界が歪む。

「でも、おじさま、100％じゃないのなら兄妹じゃない可能性もあるんでしょう？　もしかしたら違うかもしれないってことでしょう？　ねえ、そうでしょう？　だって

0・01%の確率が残されてるんだから。ね、おじさま、そうよね？」

こんなの絶対におかしい。母が朋久の父親と不倫していたことも、菜乃花と朋久が兄妹であることも全部が全部間違えている。

そうでなかったら、これは夢だ。悪い夢を見ているだけで、目が覚めたら違う現実がきちんとあるに違いない。

「おじさま、これはひとつの検査結果で、べつの鑑定を受けたら違うんじゃないかな。だからもう一度調べたら――」

「菜乃花ちゃん」

取り乱した菜乃花を廉太郎がたったひと言で宥める。その呼びかけは、菜乃花の言葉をすべて否定しているも同然だった。

菜乃花と朋久は、腹違いの兄と妹だったのだ。

完膚《かんぷ》なきまでに叩きのめされた感覚だった。

「おじさま、どうしよう。……どうしたらいいの？」

寒くもないのに体が震えて止まらない。自分をかき抱くようにしてもガタガタ打ち震え、頭の中は真っ白。なにも考えられない。

「菜乃花ちゃん、落ち着くんだ」

「そんなの無理」

首を横に何度も振る。こんな事実を前にして落ち着いていられるわけがない。

「菜乃花ちゃん、いいか、よく聞くんだ」

必死に力づけようと廉太郎はテーブルに身を乗り出し、菜乃花をじっと見据えた。

「このまま結婚生活を続けるわけにはいかない」

「……離婚しろって言うの？」

「しないわけにはいかないだろう？　キミたちは兄妹なんだ。血が繋がっている。子どもがいないのは幸いしたよ」

〝朋久と離婚〟というワードが頭の中をぐるぐる回る。

子どもの頃から大好きだった彼とやっと結ばれたのに。

「こんなこともあろうかと用意してきたんだ」

廉太郎は先ほどのブリーフケースから、べつの封筒を取り出した。

「……これは？」

「離婚届だ。すぐにも必要になるだろう。早いに越したことはない」

「そんな……」

あまりにも準備がよすぎて展開についていけない。頭はキャパシティオーバー。限界をとっくに突破していた。

「これは菜乃花ちゃんのためだ。私だってこんな真似はしたくないよ。だが菜乃花ちゃんが倫理違反を犯しているのに指を咥《くわ》えてはいられない」

「倫理、違反……」

とてつもなく重い罪を犯しているような響きに胸を圧迫される。見えない力で強く押され、座っているのすらつらい。

「弁護士として働く彼の信用にもかかわるんじゃないか」

廉太郎のさらなる言葉は、菜乃花からいっさいの希望を奪い去った。

「悪いことは言わない。離婚は急いだほうがいいだろう。彼にはもちろん、向こうのご両親にも理由は内緒だ。おそらく彼らは菜乃花ちゃんが娘などと夢にも思っていないから」

「それは……わかってる」

朋久にこんなむごい事実は伝えられない。彼の両親にだってそうだ。

これは菜乃花ひとりの胸にだけしまっておくべきもの。ほかの誰も傷つけたくない。

菜乃花はもうひとつの封筒も受け取り、自分のバッグに入れた。

「すべてのカタがついたら連絡を待ってるよ。充も私も、菜乃花ちゃんの味方だ。いいね？　待ってるから」

「……いろいろとありがとうございました」

力なく頭を下げ、ひと口も飲めなかったコーヒーを置き去りに店を出る。

足取りが重く、歩いているのに進んでいる気がしない。たくさんの人が菜乃花を追い越し、まるで存在も認識されずに置いてきぼり。ネオン煌めく賑やかな夜の街で、菜乃花だけが灰色の空気をまとい、完全に色をなくしていた。

気づいたら菜乃花は自宅マンションの前にいた。電車に乗った記憶もなければ、改札を抜けた感覚もない。コーヒーショップの辺りからワープしてきたようだった。

（朋くん、もう帰ってるかな……）

離婚届が入ったバッグをぎゅっと握りしめ、マンションを見上げる。

廉太郎が放った『離婚は急いだほうがいいだろう』との言葉が、先ほどから何度も頭をよぎっていた。

血が繋がっていると判明した以上、廉太郎の言うように結婚生活は続けていけないとわかっている。しかし、そう簡単に割りきれるものではなく、余計に朋久が恋しい。

ゆっくり足を踏み出し、エレベーターに乗り込む。別れをどう切り出したらいいのか、まったく見当もつかない。

帰り着いた玄関には朋久の靴が整然と並んでいた。すでに帰宅しているようで、体じゅうに緊張が走る。

重い足取りでリビングへ行くと、朋久がいつもの爽やかな笑顔で「おかえり」と出迎えてくれた。

「遅かったな。先に帰ってると思ったんだけど」

「ただいま」

なんとか笑みを浮かべたが、目を逸らしてしまった。

「なんだ、お腹が空きすぎて死にそうって顔だな」

いつもの冗談にも反応できず俯く。

こういうやり取りもできなくなるのかと、張り詰めた胸が苦しい。

「……菜乃？」

異変を察知した朋久が、リビングの入り口に棒立ちになっている菜乃花のもとにやってくる。

話し合いを引き延ばしても傷が深くなるだけ。――今しかない。

「朋くん、話があるの」

「話？　なにか欲しいものでもあるのか？　甘いものをたらふく食べたいというのな

ら、やめておいたほうがいいぞ」

深刻な空気を感じながら、わざとからかっているようでもある。

もしかしたら朋久は、最近の様子の変化に気づいていたのかもしれない。

理由をつけてキスもセックスも避けていれば、なにかしら感じ取って当然だろう。

朋久の脇を通り抜けて菜乃花がソファに腰を下ろすと、不審そうな表情をしながら彼も隣に座った。

この結婚を決めたとき、朋久に本当に好きな女性ができたら離婚の可能性もあると腹をくくったはずだった。それなのに、いざそのときが訪れると覚悟が大きく揺らぐ。

朋久と離れたくない。ずっとそばにいたい。

血の繋がりがあろうが彼の妹だろうが、それでもいい。自分の胸だけにとどめておけば、廉太郎を口止めさえできれば、願いは叶うと心が叫ぶ。

それとは逆に、このままではいられないと頭の冷静な部分が冷たい決断を迫った。

バッグから封筒をふたつ取り出し、そのうちのいっぽうから離婚届を抜き取る。震える手でそれを広げ、朋久の前に差し出した。

「……どういう意味だ」

冷や水をかけられたと錯覚するほどの冷淡な声だった。

「離婚、してください」

唇が震えて、声がか細くなる。

「だから、その意味を聞いてるんだ。どうして離婚なんて話になる」

「それはその……」

真実だけは明かせない。朋久も、彼の両親もどん底に突き落とすわけにはいかないから。

「……ほかに好きな人が」

「嘘をつくな」

間髪容れずに突っ込まれるが、なんとか切り返す。

「嘘じゃないの」

「菜乃が俺以外を好きになるなんてあり得ない」

その通りだ。菜乃花が朋久以外に心を揺らすわけがない。

でもその言葉を肯定していたら話ははじまらない。

「本当なの」

「誰だ」

「と、朋くんの知らない人」

「それじゃ今すぐここでその男に電話しろ」

架空の人物に連絡などできるはずもなく、無茶ぶりをされ大きく動揺する。

「そんなの無理だよ……」

「なんで。そんな男がいないからだろう？」

「ちがっ、いるの、本当に好きな人ができたのっ」

絶対に真実だけは明かせない意地があり、つい声を荒らげる。

「それじゃ名前を言え」

「言えない」

首を大きく横に振ったが、適当に名前を作ればよかったかもしれない。とっさにそんな機転が利かないのかと情けなくなる。

「それで俺が納得するとでも？」

「だけど——きゃっ！」

突然視界が反転し、気づいたときには菜乃花はソファに押し倒されていた。両手を拘束され、身動きが取れない。

「どうして若槻廉太郎と会っていた？」

「……え？」

朋久の口から出てくるはずのない名前にギクッとした。どうしてそれを知っているのだろう。

「充が絡んでるのか」

「ち、ちがっ」

「菜乃は俺だけのモノだろ。好きな奴がほかにいるなんて絶対に許さない」

菜乃花の手をソファに縫い留めるようにしながら、朋久は顔を近づけた。

――キスされる。

とっさに顔を背けると朋久は首筋に吸いつき、菜乃花の着ているカットソーの中に手を忍ばせた。

「朋くんっ、やめて！」

解放されたほうの手で必死に抵抗する。

「やめろ？　なんでだ。菜乃は俺の妻じゃないか」

菜乃花だって、そのままでいたかった。朋久の妻で居続けたい。でも――。

「ダメッ、ダメなのっ。朋くん、お願い！」

足をばたつかせ、朋久の胸を片手で懸命に押した。

本当は菜乃花だって朋久を求めている。世界で一番大好きな人を拒絶しなければならないなんてあまりにも苦しくて、受け入れがたい理不尽。

いっそ朋久とふたり、地獄に落ちてしまおうか。

そんな思いに憑りつかれる寸前でもがく。

本当は愛しているのに離婚しなければならない事実に、胸を押し潰されそうだった。

「朋くん！　やめて！」

声に限りに叫び、彼を押しのける。

菜乃花の勢いに驚いたのか、ほんの一瞬朋久の力が弱まった隙をつき、彼の包囲から逃れる。転がるようにしてソファを下り、バッグを引っ掴んでリビングを出た。

「菜乃！」

苦しみの滲んだ朋久の切ない声が背中にかけられたが、それを振り切って玄関を飛び出す。エレベーターに駆け込み、一階までノンストップで降りる。

残っている力を振り絞ってエントランスから街に向かって走った。——朋久の妹という事実から逃げるように。

そうして逃れようがどうにもならないとわかっているのに、足を止めることはできなかった。

＊＊＊＊＊

バタンと音を立てて玄関のドアが閉まる音を、朋久はリビングのソファに膝をつき呆然としながら聞いていた。

菜乃花が悲鳴にも似た叫び声をあげなければ、我を失っていた朋久はきっと無理やり抱いていたに違いない。

ソファを拳《こぶし》で殴りつけ、崩れるようにして座り込んだ。

(菜乃に好きな奴が？　まさか。そんなことがあってたまるか)

即座に疑惑を否定しにかかるが、ここ数週間、菜乃花に避けられている現状がそれを裏付けているようにも考えられた。

菜乃花の興味が自分以外に向くはずはないという根拠のない自信は、朋久の驕《おご》りだったのではないか。菜乃花はそれに嫌気が差して心変わりしたのかもしれない。

うっすらと涙を浮かべながら朋久を拒絶した彼女を思い出し、捻り潰されたような痛みが胸を襲う。

その苦痛から逃れたくて、頭を抱えて髪をぐしゃぐしゃにかき乱した。

「菜乃……」

絞り出した声のか細さに自分で驚く。内側から全身が打ち震え、血の流れさえ止まったように感じる。

彼女がいなければ、自分はこんなにも軟弱なのか。

ふらつく足で立ち上がり、菜乃花のいない現実から目を背けようと、ワインセラーからボトルを取り出す。コルクを抜き、グラスになみなみと注いだワインを立ったまま一気に飲み干した。

空になったグラスにすぐさま注ぎ足し、それも喉に流し込む。カーッと熱くなる体に反して、心はどんどん冷えていく気がした。


翌朝――。

強烈な頭痛と倦怠感が、ソファにうつ伏せで寝ていた朋久を浅い眠りから起こした。仰向けになろうとしただけで、頭全体が締めつけられるように痛む。こめかみに太い釘を打たれているほどの衝撃だ。

寝ているのもつらくなり体を起こす。

「――っ」

ぐらりと視界が揺れ、額に手をあてつつ、もういっぽうの手をソファについた。

菜乃花がここにいないことを忘れたくて酒をあおったのに、目覚めた瞬間からその事実は鮮明に覚えていて胸まで痛めつける。

水を飲もうと足を踏ん張って立ち上がり、覚束《おぼつか》ない足取りでキッチンへ向かった。冷蔵庫からペットボトルを取り出し、キャップを開けつつソファまで戻る。そこには昨夜、菜乃花が置き去りにした離婚届があった。

「こんなもの……！」

まだなにも書かれていないそれを手に取り、くしゃくしゃに丸めようとして考えなおす。菜乃花の決意を朋久が勝手に握り潰すわけにはいかない。

怒りに震える手で離婚届をソファに置き、ふともうひとつある封筒に目が留まる。

（……これはなんだ）

昨夜、菜乃花がバッグから出したものだ。

中に入っていた書類を取り出した朋久は、不可解なタイトルに首を捻った。

「公的兄弟姉妹鑑定？　なんでこんなものがここに」

弁護士のためそういった類の書類は見慣れているが、なぜ菜乃花がそんなものを持っていたのか。

表紙をめくると、被験者の欄に朋久と菜乃花の名前が記載され、【９９・９９％の確率で異母兄弟姉妹であるといえる】とあった。

「なんだこれは……」

このところ、菜乃花が廉太郎と会っていたことを思い出した。もしや、彼がなにか関係しているのか。

朋久は手にした鑑定書を封筒に戻した。

飲みすぎた頭痛も倦怠感も、一気に吹き飛んでいく。

急いでシャワーを浴び、身支度をしてマンションを飛び出した。

裁きのあとの幸せ

　昨夜遅く実家に戻ってきた菜乃花は、リビングのソファでうたた寝をしたまま朝を迎えた。

　春とはいえ早朝は冷え込む。ぶるっと体を震わせて立ち上がり、洗面所へ向かった。

　鏡に映ったのは泣き腫《は》らしたひどい顔。水を出そうとレバーを持ち上げて気づく。

「そうだ、電気も水道も止めてるんだよね……」

　出るはずがない。

　今日が土曜日で助かった。こんな状態では仕事には行けなかっただろう。

　たしか駅前のネットカフェにシャワーの設備があったはず。大きな看板にそんな文言があったのを思い出した。

　今後のことはシャワーを浴びてすっきりしてから考えよう。

　バッグを持って家を出た。

　雲ひとつない空は、暗く淀んだ菜乃花の心とまるで逆。嫌みなほどに眩しい朝日から目を背けたくなる。

京極総合法律事務所にはもういられないだろう。朋久の顔を見るのはつらく、とてもじゃないが一緒に働けない。

なにから手をつけていいのか見極められず、ただネットカフェの方角に足を向けるだけだった。

ネットカフェで一時間ほど過ごした菜乃花は、再び実家に戻ってきた。

途中コンビニに寄っておにぎりやサンドイッチを買い込んできたが、食欲はまるでない。ダイニングテーブルであたたかいお茶のペットボトルに口をつけたときだった。

玄関から物音が聞こえると同時に「菜乃！」と呼ぶ、朋久の声が響いた。

（えっ、朋くん……？）

驚いてペットボトルをテーブルに置き、ガタンと椅子を鳴らして立ち上がる。

バタバタと足音を響かせて朋久が現れた。

「やっぱりここにいたか」

「あのっ、どうして」

思わず一歩後ずさる。

「俺は離婚しない」

「でも私はほかに好きな――」

「これだろう？　菜乃が離婚しようと考えた原因は」

朋久が手にしていたものにハッとする。

「それっ……！」

例の鑑定書だ。昨夜、ダイニングテーブルに置き去りにしたままマンションを飛び出したことを今さら思い出した。

朋久の目につく場所に置き忘れるなんて、どうしようもない失態だ。

心臓が大きく跳ね、鼓動の高鳴りが激しくなる。

「違うの！」

なにがどう違うのか、自分でもわからない。朋久に大変な事実を知られてしまったため、とっさに意味不明の言葉が口から飛び出した。

「どうして俺と菜乃の血の繋がりを調べる必要があった？　なにがあったんだ」

朋久はストンと椅子に腰を下ろした菜乃花のもとに跪き、両腕を掴んだ。

体を揺らされたが、あんな話は朋久にできない。首を横に振り、唇を引き結ぶ。

鑑定結果は知られてしまったが、調べる原因となった母親の不倫については言えない。自分が話すことで朋久の家族の幸せを壊したくはなかった。

「菜乃！　話せ、話してくれ！」

朋久が真剣に訴える目から視線を逸らす。

「この鑑定書は偽物だ」

「そんなはずは……。だって、おじさまが」

そういった機関にきちんと出したはず。開封だって、菜乃花自身がしたのだから。

「おじさまって若槻廉太郎だろう？　なんの目的があるのか知らないが、俺と菜乃に血の繋がりなんかありっこない」

「でも、そこには99・99％の確率って」

ほぼ100％兄妹だと言っている。

「公的なDNA鑑定は、通常被験者全員が一同に会してされるものだ。それなのに俺は立ち会ってない。菜乃は俺のサンプルを若槻に渡しただけなんじゃないか？」

まさにその通り。廉太郎に言われるまま、自分と朋久の毛髪を手渡しただけだ。

「それだけじゃない。利害関係のない第三者の立ち合いも必要とされるはずだ」

「私は、自分と朋くんの髪の毛をおじさまに……」

「渡しただけなんだろう？」

力なく頷く。

「そもそも、どうしてこんな鑑定をする必要があったんだ」

朋久は鬼気迫る声で菜乃花に詰め寄った。

その勢いに気圧《けお》されながら、朋久の言葉を頭の中で反芻《はんすう》する。

(あの鑑定は嘘なの……?)

それなら、朋久と菜乃花は兄妹ではなく、母親の不倫話もでっちあげになるのだろうか。

「……朋くんと私に血の繋がりは、ないの?」

「あるわけないだろっ。なんでそうなるんだ」

強く否定され、廉太郎に植えつけられた妄想が少しずつ崩れていく。

「本当に?」

「あたり前だ。どうしてそんなことになったのか話せ。頼むから話してくれ」

切羽詰まったような朋久の目が微かに潤む。そこに嘘はなく、一時凌《しの》ぎの取り繕いでもないのはわかった。

「菜乃、頼む……」

菜乃花は意を決し、懇願する朋久の目を見つめ返した。

「じつは……」

ここ数週間のうちに菜乃花の身に起きた出来事をぽつぽつ話しだす。

母親と朋久の父親が不倫関係にあったこと、それを承知のうえで菜乃花の両親が結婚したこと、そのとき母親は朋久の父の子どもを身籠《みご》っていて、それが菜乃花だったと廉太郎から打ち明けられたことなど、自分の頭を整理しながら話していく。

だから腹違いの兄妹である朋久とは離婚する以外にないと考えたと、洗いざらい打ち明けた。

「おそらく若槻廉太郎は、鑑定書を真似てこれを偽装したんだろう。一番の欠陥は、鑑定結果にある」

「……どういうこと？」

「俺と菜乃花のサンプルだけで、ほぼ１００％の精度の結果は出ない。せいぜい９０％が限度だろう。今回の場合だと俺の父親のサンプルがなければ、ここまでの精度になりようもないんだ」

仕事でこういった書類にも慣れている朋久だからこそ、それを見破れたのだろう。

菜乃花では、仰々《ぎょうぎょう》しく作られた鑑定書だけで、それが正しいと信じてしまうから。

「だいたい、菜乃花の母親と俺の父親が不倫なんて、どうして信じた？　あり得ないだろ」

そう言われて、バッグに入れたままだった写真の存在を思い出す。菜乃花はそれを取り出して、朋久に差し出した。

最初こそ目を剥《む》いて驚いた朋久は、軽く鼻を鳴らして菜乃花に返す。

「合成だ」

「えっ、合成⁉」

「よくできてるけど、おばさんの輪郭が少し白くなってる」

言われてじっと注視してみたら、たしかにそうだった。

(……どうして気づかなかったの?)

自分の注意力のなさが情けない。

でも言い訳をさせてもらえれば、あまりにも衝撃的な写真のため細部までじっくり観察する余裕なんてなかった。とんでもないものを発見してしまったと、目を逸らしたかったから。

「これをどこで?」

「自宅のリビングで」

「菜乃花にそれとなく探るように仕向けて、キミのおじさんがこっそり忍ばせておいたんだろう。自宅の鍵を彼に持たせてるだろう?　いくらだって可能だ」

そういえばそうかもしれない。今になって考えれば、まるであとから差し込んだように不自然だった。父が亡くなったときに一度開いた記憶はあるが、そのときに写真はなかったのだから。

「なんで俺に相談しなかったんだ」

「幸せな朋くんの家庭を壊したくなかったの」

それに尽きる。お世話になった三人だけは絶対に傷つけたくなかった。

「バカ」

朋久が菜乃花を抱きしめる。

「ごめんなさい……」

すべてが嘘だったと知りホッとすると同時に、朋久と離れずに済むのだとわかり胸が熱くなる。

菜乃花を抱く腕の強さを実感して、喜びで体が震えた。

「許せない」

嫌悪感が滲んだ冷ややかな声で朋久が苦々しく呟く。

「菜乃、若槻廉太郎に連絡してくれ」

朋久は菜乃花を引きはがして要請した。

「なにをするの?」

冷酷な言い方が気になり聞き返す。

「なにって、このままにしておけるか。菜乃を傷つけたらどうなるか、俺が思い知らせてやる」

「でも……」

話が全部でっちあげだとわかり、朋久と離婚せずに済むのなら、菜乃花はもうそれで十分だ。

「ほら、早く」

そばに置いてあった菜乃花のバッグを膝の上にのせる。スマートフォンを取り出して電話をしろと言うのだろう。

「菜乃はもういいのかもしれないけど、俺の気が済まない。いいか、これは菜乃ひとりの問題じゃないんだ。俺だけじゃなく、お互いの両親も巻き込んだ事件でもある」

菜乃花ひとりが納得すればいい問題ではないと言う。

優しい口調でありながら顔は真剣。その表情の裏に沸々とした怒りも感じ、このまま朋久を引き下がらせるのは無理だと悟る。

菜乃花はバッグからスマートフォンを取り出し、廉太郎の連絡先を表示させた。

「いいか？　俺がそばにいるのは内緒だ。若槻廉太郎と会えるようセッティングしてくれ」

朋久の言葉に頷き、発信をタップしスピーカーにする。数コールで廉太郎は出た。

《菜乃花ちゃん、どうした。彼に離婚したいと伝えたかい？》

菜乃花が言葉を発するより早く、廉太郎が話しだす。どことなく嬉々《きき》とした感じだ。

「おじさま、お休みなのにごめんなさい」

《いや、休みなんか気にしなくていい。それで？》

急かすように先を促す。

なんて言おうか迷って朋久を見ると、がんばれといった目線で彼が頷いた。

「あ、うん、昨夜朋くんには離婚を……」

《そうかそうか。まぁすぐには納得しないだろうが第一歩を踏み出せたね。もちろん彼には理由を話してないだろう？》

「……うん、言ってない」

朋久に話すなと何度も念押ししたのは、すぐに嘘がばれるからだろう。あの鑑定書が偽物だと見破られるから。

《さすがに声に元気がないな。まぁそれもそうだろう。どうだ、今日これから充も含

めた三人でランチといこうじゃないか。菜乃花ちゃんを励ます会を開こう》

菜乃花が誘うまでもなく、廉太郎から罠にかかってきた。

あまりの呆気なさに朋久も呆れ顔だ。

廉太郎はやけに上機嫌で店を指定し、菜乃花にメールで地図を送ると言って通話を切った。

それほど待たされることなく届いたショートメールには、日本料亭の住所と地図が添付されていた。

「菜乃、行くぞ」

「う、うん……」

手を引かれて立ち上がりながら、つい重い返事になる。菜乃花のときのように、廉太郎が朋久にもなにか妙な話を吹き込むのではないかと警戒したせいだ。あまり気が進まない。

「どうした」

朋久が菜乃花の顔を覗き込む。反応に戸惑ったのか、彼の瞳が揺らいだ。

「……おじさまがまたなにか言ってきたらどうしよう」

畳みかけるような廉太郎の話術は思考能力を著しく低下させる効力を秘めていて、

それ以外に真実はないと思わされる。また丸め込まれるのではないかと気持ちが落ち着かない。

「菜乃はまだ若槻廉太郎の言葉を信じるのか？」

首を激しく横に振る。

でもそれは今ここに廉太郎がいないからであって、目の前で次から次へと話を振られたらわからない。まるで洗脳されてしまったみたいだ。

「なにを言われたって俺が一緒にいれば平気だ。っていうか、なにも言わせない」

朋久がきっぱり言いきる。

「……なにも？」

「ああ」

朋久は深く頷いた。

「俺を信じろ」

「朋くんを……」

ぽつりと言いながら、強い目をした朋久を見つめ返す。

（……そう、だよね。朋くんがいればなにも心配いらない。おじさまなんて平気）

後ろを向いていた気持ちがしっかり前を向く。

仮になにか言われたとしても、菜乃花には朋久がいるのだから。

「弱気になってごめんね、朋くん」

「菜乃が謝る必要はない」

頭をポンとしてから、朋久の表情がガラッと変わる。

「謝罪は若槻廉太郎にさせる」

朋久はダイニングチェアに腰を下ろし、取り出したスマートフォンで電話をかけはじめた。

「京極です。お休みのところ朝早くから申し訳ありません。先日の若槻不動産の件で、追加で大至急調べていただきたいことがあるんですが。……ええ、そうです」

若槻不動産とは廉太郎が社長を務めている会社だ。それが今回の件となんの関係があるのか。

菜乃花が不思議そうに見ている前で朋久が続ける。

「確認次第、これまでの調査資料と一緒に転送していただけると助かります。……ありがとうございます。では」

通話を切った朋久の目には、菜乃花でもゾクッとするほど冷酷さが滲んでいた。

タクシーで向かった日本料亭の駐車場には、見覚えのある車があった。菜乃花の記憶が正しければ、廉太郎の車だ。

朋久に手をぎゅっと握られ、料亭の引き戸を開ける。出迎えたのは、若草色の着物を着た清楚な感じの女性だった。

廉太郎の名前を告げると、中庭に面した広縁を通って案内される。様子からして個室の座敷だろう。

「こちらでございます」

女性が膝をついて開けた障子の向こうに、廉太郎と充が座っていた。

「やぁ、菜乃花ちゃん」

廉太郎に続いて、充が「久しぶりだな」と手を上げる。

菜乃花はふたりに会釈だけして返した。

「どうした、中へ入っておいで。ほら、そこに座って座って」

「菜乃花、入れよ」

ふたりが手招きをしたときだった。障子の陰にひそんでいた朋久が、菜乃花の隣に立つ。

「な、なんで京極朋久がここに⁉」

驚きの声をあげたのは充だった。その隣で廉太郎が目を剥く。

「なに、京極朋久？」

奇声にも似た声をあげ、充から目線をパッと朋久に向けた。

「ご無沙汰しております、若槻廉太郎さん。充くんとは一度事務所の前で会いましたね」

朋久は余裕たっぷりにふたりを見据え、口元に笑みを浮かべた。目は決して笑っておらず、冷ややかな雰囲気が全身から漂う。

菜乃花の背中に手を添えて中に入るのを促し、彼らの前に腰を下ろした。

「お料理はどういたしましょうか……？」

菜乃花たちを案内してきた着物の女性が、障子のそばで膝をついたまま戸惑って問いかける。

「申し訳ありませんが、しばらくこの部屋へはお茶も結構です」

「か、かしこまりました」

四人からただならぬ空気を察知した女性は、少し慌てたように頭を下げ、障子を閉めて立ち去っていった。

「では、本題に入りましょうか」

廉太郎と充へ順に目を向ける朋久からは、穏やかな口調とは裏腹に静かな怒りを感じる。

「な、菜乃花ちゃん、話してしまったのか？　……すべてを」

「……はい、おじさま、ごめんなさい。隠し通せなかったの」

昨夜、冷静に話し合いをしていたら、あの鑑定書をソファに置き去りにすることはなかっただろう。朋久の目に留まるような真似はしなかった。

彼に離婚を迫るのは、取り乱すほど苦痛で、身を切られるような思いだった。

「このような偽物の鑑定書で菜乃花にありもしない話を吹き込むとは、どういうおつもりでしょうか」

「に、偽物なんかであるものかっ」

この期に及んで廉太郎は自分の悪行を認めないつもりらしい。偽物を作った張本人が、一番わかっているはずなのに。

充が「偽物ってどういうことだよ」と廉太郎を凝視する。

もしかしたら充も、菜乃花同様に嘘を吹き込まれていたのかもしれない。

「それはおかしいですね。俺と菜乃のサンプルだけで99・99％の精度の結果が出るはずがないんですよ。ここに書かれた機関には顔が利くので問い合わせましたが、若槻廉太郎という人物からそのような鑑定依頼はないと」

「なっ」

廉太郎はこれ以上ないほど目を見張った。

朋久がそこまで調べていたとは、菜乃花も知らない。

「巧妙に真似ていますが、機関の鑑定結果だと証明する印も作りもの。つまり、この鑑定書は偽装」

「父さん、偽装ってなんなんだよ。菜乃花と京極朋久は腹違いの兄妹じゃないのかよ」

充が廉太郎の肩を掴んで揺する。

「お、お前は黙ってなさい」

その手を払い、眉を上げ下げしてわななくが……。

「黙るのはあなた、若槻廉太郎さんのほうです。あなたは私文書偽造罪に問われます」

朋久は淡々と告げた。

廉太郎が喉の奥でぐっと音を鳴らす。

「刑法159条によりますと、他人の印章もしくは署名を使用して事実証明に関する文書を偽造した者は、三カ月以上五年以下の懲役に処するとあります」

不動産会社を経営している廉太郎が、私文書偽造の重大性を知らないはずはない。

菜乃花相手ならばれないと考えたのだろう。

「それと、こちらの写真もあなたが作ったもので間違いはありませんか？」

朋久は、自分の父親と菜乃花の母親が頬を寄せあった写真を廉太郎の前に滑らせた。

充がそれを覗き込む横で、廉太郎は目を泳がせる。動揺は明らかだ。

「こ、これも私文書偽造罪だと……言うのかね」

朋久は静かに首を横に振った。

「邸宅侵入罪です」

「侵入罪⁉　なぜだ！　私は彼女の家の鍵を預かっているんだ。不法に侵入したわけではないっ」

「つまり、お認めになるわけですね」

朋久は静かに、だけどたしかに口角をニッと上げて微笑する。

声を荒らげた廉太郎はハッとして口を噤んだ。

「父さん、いったいなんなんだよこれは」

成り行きを呆然と静観していた充は、苦い表情を浮かべた。

「侵入とは、その場所に持ち主の意思に反して立ち入る行為を言います。たとえ菜乃花の同意を得て立ち入ったとしても、本当の目的——今回であればこの写真をどこかに忍ばせる行為を知っていたら承諾しなかったであろうという場合は侵入にあたります。

こちらは三年以下の懲役または十万円以下の罰金に処されます」

「な、な……」

「あなたが菜乃を騙して離婚を促したのは、あの自宅を手に入れるためでもありましたね？」

いっさいの迷いなく理路整然とした説明をする朋久がさらに続ける。

「経営不振の会社を立てなおすために、あなたはお金が欲しかったはずです。あのエリアの再開発話が浮上し、高く売れそうな気配を察知し菜乃と充くんを結婚させようと考えた」

「うちが経営不振など、なにを根拠に！」

朋久は自分のスマートフォンを操作し、それをテーブルの上に置いた。

廉太郎はその画面に目を凝らしてギクッと肩を揺らす。どうやらそれは、若槻不動産の経営状態を示す調査書類らしい。

「ふたりが無事結婚したら、家族の会社を助けるためだと丸め込み、自宅を売らせようと企んだといったところでしょうか」

「父さん、なに考えてるんだよ！　そんな理由で菜乃花とのことを取り持とうとしてたのか⁉」

「ちがっ、私は充の幸せを願っただけだ」

充に肩を掴まれ揺すられてもなお、廉太郎は認めようとしない。

「あなたが悪質な土地転がしを繰り返しているのは掌握《しょうあく》済みです。まさか菜乃の実家まで狙っているとは思いもしませんでしたが」

ここへ来るまでのタクシーの中で朋久が話してくれた内容によると、浩平の知人の依頼でちょうど地上げ屋を調べている最中だったらしい。若槻不動産が裏で手を引いていることを突き止めた矢先、今回の一件が起きたのだと。

「そ、そんなの知るか」

「私がどういった人間かお忘れですか？　弁護士のリサーチ力を舐めてもらっては困りますね」

朋久はスマートフォンをさらに操作し、引導を手渡すかのように廉太郎の前に滑らせた。

「あなたがこれまでに売買してきた土地の一覧です。これを見れば、いかに悪質な方法で土地を転がしてきたのか一目瞭然」

廉太郎がぐっと喉を詰まらせる。

「それから念のための確認ですが、菜乃に一連の話をしたのはコーヒーショップでお間違いありませんか？」

「それがどうしたっ」

もはや破れかぶれといった様子だ。廉太郎は鼻息を荒くし、肩を上下させる。

「私の父と菜乃の母親への名誉棄損罪も追加しなくてはなりません。なにしろ不倫をしていたなどとバカげたでっちあげで、〝公然と〟ふたりの名誉を傷つけましたから。一対一の個室でなく残念でしたね」

「私文書偽造罪に侵入罪……、そのうえ名誉棄損？」

ぽつぽつと独り言のように呟きながら、廉太郎が唇をわななかせる。揺るぎない事実を並べられ、もはや言い逃れも反論もできないだろう。

菜乃花は、次から次へと廉太郎を言い負かしていく朋久を眩しい思いで見つめた。

「それと……」

「まだなにかあるのか」

「菜乃花は今回の一件で精神的な苦痛を強いられました。洗脳と言ってもいいような所業はなによりも許せない」

唇を噛《か》みしめるように言った朋久は、膝の上に置いた手で拳を握っていた。微かに震えているのは、彼の怒りをなによりも表しているだろう。

「慰謝料を請求しますので、そのあたりも覚悟しておいてください」

朋久はそこでゆっくり立ち上がった。

「菜乃、行こう」

菜乃花の肩に優しく手を添え、立ち上がらせる。障子を開け、朋久は廉太郎たちに振り返った。

「金輪際《こんりんざい》、菜乃に近づくな。菜乃を傷つけたら、次はこれだけでは済ませない。よく覚えておけ」

それまで丁寧だった口調をガラッと変え、なにをも寄せつけない怒気を漂わせる。その言葉をかけられたわけでない菜乃花でも、背中に冷や水を浴びたような冷酷な声だった。

事実、廉太郎は血走った目を情けなく彷徨わせ、座布団から後ろへ崩れた。

菜乃花が一礼するより早く、朋久によって障子がぴしゃりと閉められる。関係を断ち切るかのごとく、強い意思を感じさせる音だった。

朋久に手を握られ、長い広縁を歩きはじめると、バタバタと足音が近づいてくる。

「菜乃花！　待ってくれ！」

足を止めて振り返る。充が大慌てで菜乃花たちを追ってきた。

「悪かった。父さんがあんなことをしていたなんて……」

やはり充はなにも聞かされていなかったらしい。青ざめた表情からも彼の動揺がわかる。

「父さんから、菜乃花は京極さんと兄妹だから離婚するしかないと聞いて、俺もそれを鵜呑《うの》みにしてしまったんだ。それなら俺が菜乃花の全部を受け止めるって……、自意識過剰もいいところだな」

眉根を寄せて苦々しく唇を噛みしめる。

「だけど京極さん、父は本当は悪い人間じゃないんだ。こんなひどい罪を犯したのも魔が差しただけ。だから――」

「充くん、悪いが俺は今回の菜乃の一件は許せない」

朋久が充を遮って続ける。

「菜乃がこの数週間、どんな思いでいたかわかるか？　誰にも相談できず、ひとりでずっと悩んでいたんだ。その原因に気づけなかった俺自身だって腹立たしいくらいに。だから俺は手を抜くつもりはない。徹底的に償ってもらうつもりだ」

朋久は、優しさのいっさいない毅然とした態度を貫いた。菜乃花ですら声をかけられないほど、強い視線で充を射貫く。

それと同時に自分に対する盲目とも言える愛を感じて、菜乃花は不謹慎ながらうれしさを感じていた。

「……そうですね、父には自分の罪をしっかり認識してもらうのがいい。……わかりました」

項垂《うなだ》れていた充がぐっと顔を上げる。

「このたびは本当に申し訳ありませんでした。息子の俺から謝らせてください。菜乃花、本当にごめん」

充は両脇に手を揃え、深く頭を下げた。

「充くん、私こそごめんね。せっかく再会したのにきちんと話もできなくて」

菜乃花がもう少し冷静に対処していれば、廉太郎は罪を重ねなくて済んだかもしれない。

「いや、悪いのは全面的にこっちだから。菜乃花は謝らなくていい。……京極さんと幸せになれよ」

「うん……」

力が抜けたように穏やかな表情になった充に頷いて返す。

「京極さん、菜乃花をどうぞよろしくお願いします」

「キミに言われる筋合いはない」

「ちょっ、朋くん！」

せっかく祝福してくれている充に向かってつれない返答をした朋久を慌てて制するが……。

「言われなくとも菜乃は俺が幸せにする」

菜乃花のブレーキはまったく効果なしだ。

充は「それもそうだな」と微かに笑みを浮かべた。

「菜乃、行くぞ」

「うん。それじゃ、充くん、また」

会釈をして彼に背を向けて朋久と歩きだす。

「〝また〟はないのがわからないのか」

「今のは挨拶のひとつだから」

社交辞令として言っただけ。

「ったく菜乃は……」

不服そうにぶつぶつと呟く朋久の腕に絡みついたときだった。

「京極さん……？」

通路の少し先で女性が立ち止まる。

菜乃花たちも、彼女の目の前で足を止めた。光の加減でよく見えなかった女性の顔が明らかになる。

（あれ？　もしかして藤谷教授の……）

女性は長い髪を夜会巻きにし、若草色の着物を着ていた。

「綾美さんじゃないか。ここでなにを？」

やはりそうだった。清楚な雰囲気はそのまま、相変わらず美しい。

先ほど菜乃花たちを案内した女性と同じ着物姿ということは、ここで働いているのだろうが、朋久からそんな話は聞いていなかった。

「じつは大学を辞めて、ここで働きはじめたんです。父の庇護下から出ようと決意して」

「そうでしたか」

「もういい歳ですし、いつまでも父の背中に隠れているばかりでもいられませんから」

「接客業は苦手かと勝手に思っておりましたが」

（そんなはっきり言っても大丈夫なの？）

率直な感想に驚いて隣から朋久を見上げたが、菜乃花の心配をよそに綾美は美しい微笑を浮かべた。

「私、京極さんのそういった歯に衣着せぬところをお慕いしていました。教授である父の威光で遠慮がちな方ばかりだったものですから」

「すみません、口が過ぎましたね」

急いで謝る朋久だが……。

「褒めてるんです。その父を以《も》ってすれば、京極さんも私との結婚を前向きに考えてくれるんじゃないかってずるい期待をしました。でも、あの日ホテルでおふたりの仲睦まじい様子に完全に白旗。京極さんの自然な姿を見て、菜乃花さんには敵わないと」

綾美は、ホテルでは決して見せなかった優しい笑みを菜乃花に向けた。

菜乃花は恐縮してぎこちなく微笑み返す。

「今日はこちらでお食事を？」

「いえ、知り合いに用事があって来たのですが、それが済んだので帰るところです」

「そうでしたか。では今度ぜひ、おふたりでゆっくりいらしてください」

ホテルで会ったときにはどことなく敵対するような態度だったが、目の前の綾美はとても晴れやかな表情をしていた。朋久への想いを完全に吹っ切ったのだろう。

仕事があるからと立ち去る綾美を見送り、菜乃花たちは店を出た。

「朋くん、本当にありがとう」

車に乗り込み、改めてお礼を言う。

「朋くんが真実を暴いてくれなかったら、私……」

朋久と本当に離婚していたかもしれない。恐ろしい未来を回避できたのは、冷静な朋久のおかげだ。

「そのお礼をこれからたっぷりしてもらおうか」

「お礼？　なにか欲しいものがあるの？　私でも買えるもの？」

「なに言ってんだ。お金をいくら積んだって買えないものだ」

朋久に額を軽くピンと弾かれた。

「そんなものどうやって――」

「急いで帰るぞ」

朋久は、戸惑う菜乃花に意味深な笑みを向けた。

「え、ちょっ……朋くん？」

マンションに帰り着くや否や玄関で朋久に抱き上げられ、菜乃花は寝室に連れ込まれてしまった。

そっとベッドに下ろすなり、朋久が菜乃花を組み伏せる。両手を顔の脇でシーツに縫い留めるようにし、艶めいた瞳で見下ろす。

「この数週間、キスもセックスもお預けなんて、どんな仕打ちだよ」

「それはその……朋くんと兄妹ならダメかと……。ごめんなさい。傷つけたよね？」

「むちゃくちゃ傷ついた。俺は菜乃の仇《かたき》をとったんだから、菜乃はこっちの責任を取れ」

「こっちって……？」

朋久が大真面目に指差すほうに目線をずらしていく。菜乃花の太腿のあたりに微かにあたる〝硬い物体〟の存在を知り、急速に顔が真っ赤になっていく。

「朋くんのエッチ！」

「エッチって、お前な、好きな子をやっと抱けるってときにふにゃふにゃのほうが大問題だろ」

「だからその言葉がっ」

思わず形状を想像するような言い方はやめてほしい。

「とにかく黙って俺に抱かれろ」

「待って！」

唇が触れ合うまであと数センチのところでストップをかけたら、朋久は不満そうに眉根を寄せた。

「まだなにかあるのか」

「外はまだ明るいから夜まで待って」

「こんな状態で俺をあと何時間も待たせる気か。その願いは棄却する」

「そんなぁ。そ、それにシャワーだって浴びてないしっ」

今朝、ネットカフェで浴びたきりだ。トイレにだって行ったし、多少なりとも汗をかいている。

「久しぶりに嗅ぐっていうのに、菜乃の匂いを洗い流させてたまるか」

「やっぱり朋くん、エッチ」

「男はみんなエロいんだよ。頭ン中、好きな子の裸でいっぱいだ。ぐだぐだ言わずに観念しろ」

「――んっ」

有無を言わさずキスが落ちてきた。

やわらかい唇が重なり合えば、反論する気持ちは蒸発するように消えていく。

久しぶりに触れ合えた喜びが胸の奥からせり上がり、握られた指先に力が入る。

もう二度とキスできない、朋久に近づけないと悲観していたため、体に感じる重みがとても愛しい。

「菜乃」

「……朋くん」

キスをしながら何度も名前を呼び合い、ふたりの体温を上げる。

ちょっと待ってと言っていた自分はどこへいったのか、菜乃花は早く朋久の素肌を感じたくてたまらなかった。

唇を吸い合い、舌を絡ませながらお互いに着ているものを脱がせていく。

朋久が恋しくて、心だけでなく体で彼を感じたくて、気持ちが急いた。

朋久の唇が、露わになった素肌をあますところなく伝う。漏れる息は甘くなり、呼吸は弾み、与えられる刺激に体が小さく跳ねる。

彼の熱いものが体を貫いたときには、全身を幸せな痺れが駆け抜けた。

「菜乃……なにがあっても離してやらないからな」

「私も絶対に朋くんから……離れない」

手を握り合い、熱い視線を交わし、淫《みだ》らに交わる。

激しく揺られ、強く突かれ、ふたりの境界線が溶けてなくなっていく。

どこからが自分かわからなくなる感覚に身を委ねながら、再び彼に抱かれる悦びが体の奥から溢れ、途方もない幸せに包まれた。

愛に溢れたプロポーズを

その年の秋——。

ふたりの結婚式がチャペルで行われることとなった。

ベージュのスリーピースタキシードにシャンパンレッドのボウタイを身につけた朋久は、菜乃花の支度を別室で待ちながら、眠気と格闘していた。

というのも菜乃花のウエディングドレス姿が楽しみで、柄にもなく昨夜は寝つけなかったためである。小学校の遠足でさえ、興奮して眠れないことなどなかったのに。

秋のやわらかな日差しが射し込む窓辺のソファに座り、菜乃花のドレス姿を待ちわびているうちに、睡魔が大きく手を広げて朋久を捕らえにかかる。

重くなる瞼を懸命に開いていた朋久だったが、静かな控室に流れるヒーリングミュージックに誘われるようにして目を閉じた——。

逆回転する走馬灯。ゆっくりゆっくり、時間が巻き戻る。

気づけば朋久は高校生、十六歳の姿。

趣味のケーキを焼いた母親に頼まれて若槻家へ届けた朋久は、リビングの棚に並ぶミステリー小説を手に取っては眺めていた。

　菜乃花の母親はミステリーが大好きで、朋久はたまに借りることがあった。勧められるものはたいていおもしろく、ときに十冊持ち帰るときもある。

　今日はどれを借りていこうか。

　あれこれ手を出して悩んでいたら、パタパタと足音を響かせて菜乃花がやってきた。八歳の彼女はボブヘアがよく似合うかわいらしい少女である。

「朋くん、またご本？」

「そうなんだ。おばさんの本棚にあるのはどれもおもしろいからね。菜乃ももう少し大きくなったら読んでみるといいよ」

「それ、読んだら、朋くんともっとお話しできるかな」

「え？」

　今でもおしゃべりはよくしているが。

　不可解に思いつつ朋久が首を傾げると、菜乃花は両手を前で組んで急にもじもじとしはじめた。

「菜乃？　どうした？」

「あのね、朋くん……」

上目使いでチラッと朋久を見て、すぐに視線を下に落とす。菜乃花はなにか言いにくそうに口をもごもごとさせていた。

「学校でなにかあったのか？」

朋久の問いかけに首をふるふると振り、絹のように艶やかな髪が頬のそばで揺れる。

「……大きくなったら」

「大きくなったら？」

「朋くんのお嫁さんにしてくれる？」

「え？　俺のお嫁さん？」

菜乃花の白い頬が一気に桜色に染まる。肩を強張らせ、一生懸命な様子が健気《けなげ》でかわいい。

「うん。……ダメ？」

おそるおそる朋久の顔を見上げる菜乃花の目は、今にも落ちそうなほど大きく見開かれていた。

たまらなくかわいい。

そんな感情が心の底から湧き上がった。

「いいよ。菜乃が大きくなったらな」

朋久が快諾すると、菜乃花はぱぁっと顔を輝かせうれしそうに笑う。

まるで待ちわびていた朝日を浴び、朝顔が花びらを開くような可憐な笑顔に不覚にもドキッとさせられた。――八つも年下の小学生相手だというのに。

「ほんと⁉」

「ああ」

念を押す菜乃花に笑い返す。

「そしたら、キラキラでヒラヒラしたフワフワの真っ白なドレスを着てもいい？」

「菜乃の好きなドレスにしたらいい」

擬音だらけの形容に心をくすぐられる。

「やったぁ」

菜乃花はその場でぴょんと跳ね、喜びをいっぱいに表した。

よくある、幼い女の子特有の願い。身近な年上の男に憧れを抱く、成長過程の一種。菜乃花が大人になったら、そう願ったことすら忘れてしまうだろう。

そう認識しているのに、どうか覚えていてくれと祈らずにはいられない。

「じゃあ、指切りげんまん」

菜乃花が小さな手を突き出す。小指を立てて首を傾げる仕草が微笑ましくて、朋久まで笑みがこぼれた。

小指を絡めて揺らしながら、お決まりのフレーズを口ずさむ。

「ゆーび切った」

パッと離れた手を恥ずかしそうに引っ込め、菜乃花はスカートをひらりとなびかせ、母親のもとへ走っていった。

時間がゆっくりと、もとの世界へ戻っていく。束の間の時間旅行が朋久の意識を少しずつ覚醒させ、光を感じた瞼をそっと開けた。

(ここは……)

一瞬、自分がどの時間軸にいるのかわからず混乱する。ソファに体を預けていた自分の姿にハッとした。

そうだ、今日は菜乃花との結婚式だ。

夢を見ていた。――いや、夢のようでそうでない。

あれは十六年も前にあった本当の出来事だ。

(そう、あのときの俺は……)

立ち上がり部屋を出る。向かうは誰でもなく、ただひとり、菜乃花のもと。

ノックをして、返事も待たずにドアを開ける。

「新郎さま、ただ今お迎えにあがろうとしておりました」

式場の女性スタッフの声も耳には届かない。一直線に菜乃花のもとへ向かった朋久は、椅子から立ち上がった、眩《まばゆ》いほどの光のベールを纏《まと》った彼女を前にして言葉をなくした。

「朋くん、どうかな？」

菜乃花が不安そうに尋ねる。

胸元からトレーンまで大きなビジューが煌びやかに輝くプリンセスラインの純白のドレスは、幼い菜乃花が夢見ていた花嫁の姿そのもの。それを着た彼女の美しさに胸を撃ち抜かれる。

「菜乃」

感極まり、名前を呼んで我を忘れて抱きしめた。

「朋くん？」

「綺麗すぎて目眩を起こしそうだ」

「やだなぁ、大袈裟だよ」

菜乃花が朋久の背中を宥めるように撫でる。

「昔、菜乃が言ってたまんまのドレスだな。キラキラでヒラヒラしたフワフワの真っ白なドレス」

胸を押して朋久を見上げ、菜乃花が目を丸くする。

「……朋くん、覚えていてくれたの？」

「菜乃のプロポーズ、うれしかったよ」

あのとき、胸の奥でたしかに感じた想いが蘇る。追体験のような夢のおかげで、菜乃花との大事な約束を思い出せた。

「菜乃、俺と結婚してくれ」

気づいたらそう口走っていた。

「やだ、朋くん、私たちもう結婚してるでしょう？」

頬を少し染めてはにかむ菜乃花が、当時の彼女と重なる。

時を経て、可憐な大人の女性へと変貌を遂げた菜乃花は、間違いなく世界一美しい。

「そうだな。でも改めて言わせてほしい」

「……うん、わかった」

真剣な朋久に感化されたのか、菜乃花は背筋を伸ばして次の言葉を待った。

「菜乃、愛してる。俺と結婚してほしい」

「はい、喜んで」

答えた次の瞬間、菜乃花が朋久に抱きついてくる。それをしっかりと抱きとめ、腕の中に閉じ込めた。

(絶対にどこにもやらない。俺だけのものだ)

「朋くん、私も愛してる。世界で一番——ううん、朋くんだけ愛してる」

「俺も菜乃だけだ」

引きはがした菜乃花の瞳に光るものが滲む。

そっと目を閉じた彼女の唇を優しく塞いだ。

こんなにも大切な人に出会えた神業に、相思相愛の奇跡に感謝したい。

全身全霊をかけて、彼女を愛しぬくと誓う。

重ねるだけのキスを解き、菜乃花と見つめ合っていたそのとき。控室のドアが開き、賑やかな足音が近づいてきた。

「まぁ、なっちゃん、とっても綺麗！」

「どこの女神さまかと思ったよ、なっちゃん」

朋久の両親が、菜乃花と朋久を挟むようにした。

いつの間に退室したのか、女性スタッフは姿を消している。熱烈なムードのふたりの邪魔はできないと気を利かせてくれたのだろう。

「おじさま、おばさま、ありがとう」

「あらあら、なっちゃん、朋久に泣かされたの？」

「なに、朋久が泣かしただと？」

目尻に滲んだ涙に気づいた寿々は取り出したハンカチで菜乃花の目元を拭い、浩平は語気を荒らげて朋久を問い詰める。

（ふたりとも菜乃を大好きなのはわかるが、息子をもう少し信頼してくれてもいいんじゃないか？）

せっかく幸せな気分でいたというのに台無しだ。

「ううん、泣いてないから心配しないで」

「なんで俺が菜乃を泣かせるんだよ」

菜乃花が笑みを浮かべながら首を横に振って否定するが、朋久だって黙ってはいられない。

朋久が菜乃花を泣かせるわけがないのだから。

「だって、涙を浮かべてるんだもの」

「おばさま、これは違うの。ちょっと感動しちゃって」

「感動？　そうなの？」

寿々が確かめるように朋久を見たため、頷いて返す。

「もしかして、ふたりの邪魔をしちゃったかしら？」

「まぁね」

それはもう多大なる妨害だ。

「なにを言うんだ、朋久。なっちゃんはお前だけのものじゃないんだぞ？　ひとり占めはダメだ」

「もう、あなたったら大人げないわよ」

さすがの寿々も呆れたように浩平の腕を揺すって窘《たしな》める。

（でもまぁ、両親を亡くした菜乃を本当の娘のようにかわいがっているのだから、多少は大目に見てもいいかもしれないな）

朋久は菜乃花と顔を見合わせて笑い合った。

「おじさま、これからはお義父さまって呼んでもいい？」

「お、お義父さま⁉」

菜乃花の不意なお願いに、浩平がこれ以上ないほど目を丸くする。

「おばさまはお義母さまで。……ダメ、かな」

「大歓迎に決まってるじゃないか。なぁ、寿々」

「ええ、もちろんよ。これからもよろしくね、なっちゃん」

大喜びの浩平と寿々に菜乃花が笑顔を向ける。

キラキラと輝くその横顔が、朋久の胸を幸せで満たしていく。

その笑顔を守るのが朋久の使命であり、願いでもある。

彼女の手を取って指を絡ませ、何度口にしても足りない〝愛してる〟を、交差する視線に乗せて伝えた。

番外編　仕事中のキスは厳禁です

結婚式から三カ月が経った、冬のある日の京極総合法律事務所。

菜乃花はかっちりとしたスーツに身を包み、朋久のデスクのそばでスケジュールの確認をしていた。

「本日の予定は以上になります」

努めて真面目に業務を遂行すべく、真顔を朋久に向ける。

「やっぱり菜乃が秘書っていいな」

「先生、ここでは若槻とお呼びください」

ニコニコと屈託のない笑みを浮かべる彼に凛として返した。

「ふたりきりなんだからいいじゃないか」

「そうは参りません。仕事中ですから」

「まぁそう言うな。ときには癒《いや》しも必要だ」

ファイルを抱えた菜乃花の手を取り、指を絡める。仕事中とは思えない甘い眼差しを菜乃花に向けた。

菜乃花がここに秘書としているのは、秘書室に所属する者たちがことごとくインフルエンザに倒れ、秘書業務を遂行できなくなってしまったためである。

可能な限り通常業務を圧縮して代表弁護士たちのサポートにあたるようにと、総務部に白羽の矢が立った。

同期の里恵も駆り出され、それぞれ複数名の弁護士を受け持っている。

本来であれば妻が秘書代行を務めるのは避けるべきだろうが、朋久は菜乃花以外の秘書なら必要ないとわがままを言い、それを押し通した。

以前、朋久に『菜乃を俺の秘書に任命しようか』と言われたときにはドキドキして心臓が持たないと思ったが、じつは密かにうれしい。慣れない仕事ではあるが、菜乃花自身も朋久の働く姿を間近で見られるのはそうそうなく、貴重な体験だから。

昨日は大企業のクライアントが訪れ、その社長にも引けを取らない、いやそれ以上に精彩を放つ朋久の立派な仕事ぶりに胸を高鳴らせた。

「次の約束まで時間があるから、今週末の過ごし方について少し話そうか」

デスクに両肘をつき、朋久がいたずらっぽい表情を浮かべる。

「それは帰ってからにしませんか？」

あくまでも真面目な姿勢を崩さない菜乃花の手を取り、朋久はソファに腰を下ろした。それも、菜乃花を膝に乗せる格好で。

「ちょっ、朋くん、こんなのダメだってば！　誰かが来たらどうするのっ」

「ほんの数分だ。許せ」

じたばたもがくが、朋久は涼しい顔をしてビクともしない。

「それに、誰が来たっていいじゃないか。俺たちは夫婦だ。それも新婚なんだから、イチャついていたって大目に見てくれるさ」

「だけどっ」

「どこか行きたいところは？　寒いからゆっくり温泉ってのもいいな」

朋久は本気で週末の予定を立てるつもりらしい。「旅館とホテル、どっちがいい？」と呑気《のんき》に尋ねてくる。

しかし菜乃花は誰かが来たら大変だと気が気でなく、考えている余裕などない。

「ね、朋くん、せめて隣に座らせて。こんな体勢じゃ……」

朋久の膝に横座りさせられ、スカートの裾が太腿の上のほうにずり上がってくる。

「それじゃ、菜乃からキスしてくれたら解放してやる」

突飛な要求にもほどがある。会社でキスなんてとんでもない。

「それはダメ」

「じゃあ、もう少しこのままだな」

朋久がニヤッと笑って続ける。

「なんなら、次の来客までいいかも」

次の来客といったら一時間後。そんなに長い時間、このままのわけにはいかない。

菜乃花は朋久以外にも三名の弁護士を受け持っているため、ここに一時間も居続けるのは無理なのだ。

それを回避するには、彼の条件をのむ以外にないか……。

大真面目に悩んでいるというのに、朋久は楽しげな顔をして菜乃花を見つめていた。

(もうっ、朋くんってば……!)

唇を引き結んで睨んだが、彼に「そんな顔をしても菜乃はかわいいな」とからかわれた。

「……一回だけだからね?」

条件をのむ覚悟を決める。

「ああ、一回だけ」

してやったりといった表情で微笑んだ朋久の唇に、自分のそれを重ねた。

軽く触れるだけで離れようとしたが、朋久は逃がすまいと菜乃花の背中を強く抱き寄せる。

「――んっ」

驚いた弾みで唇から力が抜けた隙に彼の舌が侵入を果たした。

それまで毅然とした態度を貫いていたのに、朋久の巧みな舌づかいが菜乃花の強い意志を揺さぶりにかかる。弱点を知り尽くした彼のキスは、菜乃花を恍惚とした世界へ誘い、唇から甘い吐息をこぼれさせた。

どれくらいの時間が経ったのかわからないほどのめり込み、唇が解放されたときには体の中心が熱くてたまらなくなっていた。

「……一回って言ったのに」

「約束は破ってない。唇を離すまでが一回なら、今のもそうだろう？」

菜乃花の恨み言にも朋久は屈しない。独自の理論で畳みかけた。

「さて、いつまでもこうしていたら若槻さんに怒られるし、そろそろ真面目に働こうか」

突然、名字呼びに変え、菜乃花を立ち上がらせる。

濃密なキスをしておいて、いきなり仕事モードにチェンジとは容赦がない。

置き去りにされそうになった菜乃花も、なんとか気持ちを切り替えようとスーツの乱れをなおした。

「口紅、落ちてる」

朋久の親指が菜乃花の濡れた唇を拭う。

「誰のせいですか?」

べつの弁護士の部屋に行く前にメイクをなおさなければならない。

「お詫びに、いくらキスしても落ちない口紅をプレゼントするよ」

——そうしたら、いくらだって職場でキスできるだろう?

そう耳元で囁き、朋久は涼しい笑みを浮かべた。

「でも、あまりやりすぎは禁物だな。今すぐ菜乃花を抱きたくなった」

「ちょっ、朋くん!」

問題発言を窘める。

菜乃花自身も体が熱くなったのは絶対に内緒だ。

「菜乃、今日は定時にあがるぞ。早く帰って菜乃をたっぷり味わいたい」

菜乃花を軽く抱きしめ、体を反転させる。

「私は食べ物じゃありませんからっ」

反論するくせに、菜乃花も朋久の提案には大賛成だった。

「さてと、次の弁護士のところに行っておいで」

「はい、いってきます」

頭頂部にキスをひとつ落とし、朋久が菜乃花の背中をそっと押す。

彼の部屋を出ながら、やはり自分には朋久の秘書は務まらないなと思わずにはいられない。結局は彼の仕掛ける甘い罠に簡単にかかってしまうから。

キスの余韻を引きずりながら、菜乃花は足を踏み出した。

特別書き下ろし番外編

盲目的な愛の果て

担当する大手企業のクライアントで取締役による不正があり、その解任手続きなどで忙殺された二週間。久しぶりの休日を前にした金曜日の夜、帰宅した朋久は菜乃花から聞かされた一報に愕然とした。

「これから？　ここに？」

「そうなの。さっき百合亜《ゆりあ》さんから電話があって」

百合亜は朋久の姉である。その彼女がこれからここにやってくるという。それも小学四年生の息子、有斗《ゆうと》を連れて。

「で、有斗をうちに置いていくって？」

「夫婦揃って急な出張が入っちゃったんだって。うちで面倒みてあげなきゃ」

菜乃花は夕食の準備をしながら優しく微笑んだ。

「実家があるじゃないか」

かわいい孫の面倒なら、浩平も寿々も大喜びで迎え入れるだろう。その実家を差し置いて、なぜうちなのか。

菜乃花とゆっくり過ごす休日を楽しみにこの二週間を乗りきってきたため、突然甥《おい》っ子の世話を頼まれて内心、平静でいられない。

結婚して約一年が経過するが、朋久の菜乃花に対する独占欲は強まるいっぽう。年がら年中ひとり占めしたくてたまらない。

「お義父さまの家からだと学校が遠いでしょう？　うちなら学区内だから」

百合亜が夫と暮らすマンションは、ここからそう遠くないところにある。朋久たちが結婚してからというもの、百合亜は義妹になった菜乃花に会うために有斗を連れてよくやってくる。

菜乃花がかわいいのはわかるが、ふたりの時間が削られるため朋久にとっては招かざる客。いつも密かに〝早く帰れ〟と念を送っている。

当然ながら百合亜たちには届いていないのがつらいところだ。

「実家から送迎すれば済むだろ」

菜乃花との時間を死守するべく解決案を提示する。――あくまでも取り澄ましたクールな口調で。

ＣＥＯである浩平にはおかかえの運転手がおり、学校までの送迎は造作もない。

納得がいかず心の中で子どものように駄々をこねていたが、無慈悲にインターフォンは鳴らされた。

「あ、来たみたい」

朋久の気持ちにまったく気づかない菜乃花が恨めしい。彼女は軽やかな足取りでインターフォンに向かい、応答ボタンを押した。

「はーい」

『なっちゃん、こんばんは。着いたよー』

朋久は、にこやかにやり取りをする菜乃花の背後で小さなため息をついた。

「すぐ開けますね」

オートロックを解除した数分後に、再度鳴ったインターフォン。朋久は菜乃花を追って渋々玄関へ向かった。

ドアを開けるなり、賑やかなふたりが入ってくる。

「なっちゃん、急にごめんね」

ストレートロングの髪をひとつにまとめ、スキニーパンツにざっくりしたゲージのニットを着た百合亜の脇から有斗が飛び出してくる。細身のデニムにトレーナー、厚手のジャンバーを羽織っていた。

「よっ、菜乃花」

有斗が、まるで友達を相手にするように呼ぶ。

「こら、有斗、なっちゃんを呼び捨てにしないの」

「いいじゃんか、菜乃花は菜乃花だろ」

百合亜に叱られてもなんのその。有斗は菜乃花に「な？」と同意を求めた。

「百合亜さん、私なら大丈夫ですよ」

「ほら、菜乃花だってこう言ってるんだから」

「口ばっかり達者なんだから。ごめんね、なっちゃん」

いいんですと笑い返す仏のような心の持ち主の菜乃花の横で、朋久は不満顔だ。まだ〝菜乃花〟だからいいものの、これが〝菜乃〟だったら小突いてやるところだと静かに怒りを収める。

有斗は着替え類が入っている大きなバッグとランドセルを持ち、菜乃花とふたりで一目散にリビングへ駆けていった。

「朋久、悪いわね」

「ほんとに悪いよ。べつに今夜じゃなくたってよかっただろう？　うちに連れてくるなら明日の朝にすればいいのに」

菜乃花には決して言わないが、百合亜相手に容赦は無用だ。

「朝早く出発だからしょうがないの」

百合亜は夫と同じ商社に勤めているが部署は違うため、これまで出張が被ることはなかった。今回はたまたま同じプロジェクトにかかわるらしく、どうしてもふたりで行かなくてはならないのだとか。

「今回だけだぞ」

「冷たいこと言わないの」

百合亜は朋久の腕をパシッと叩き、「じゃ、よろしくねー」と手をひらひら振って玄関のドアを閉めた。

肩を上下させて息を吐き出し、菜乃花と有斗のいるリビングへ戻る。ふたりはキッチンで仲良く器にスープをよそっていた。

「有斗もまだ食べてなかったのか」

「学校から帰って軽く食べたけど、菜乃花の料理を見たら腹減ってきた」

さすがは育ちざかりの子ども。屈託のない笑みで自分の分を手にしてテーブルに着いた。

菜乃花はこういう事態を想定して三人分を作っていたらしい。子どもが喜びそうなオムライスを選ぶあたりに彼女の優しさを感じる。

「朋くんも座って」

ちゃっかり菜乃花の隣を陣取った有斗は「いただきます」と言うや否や、スプーンでオムライスをすくって口に入れた。

「うまっ。菜乃花、うちのお母さんより上手だな」

「ほんと？　うれしい」

（褒め上手なのは認めてやろう。菜乃の料理が最高なのは当然だけどな）

自分の手柄でもないのに誇らしい。

「朋兄《ともにい》と離婚して、俺のお嫁さんになってよ」

「は⁉」

これにはすかさず朋久が反応する。離婚しろとは何事か。

「お前、ふざけるなよ」

「朋くん、子ども相手にムキにならないで」

菜乃花はおっとりと返すが、離婚と言われて黙っていられるはずがない。

そもそも以前から、有斗はなにかと菜乃花に取り入ろうとするためモヤモヤさせられていた。まるで彼氏気取りのときもあり、密かにイラッとしたこともある。

小学生相手、それも甥っ子に対して大人げないとわかっているが、菜乃花が絡むとどうしても冷静でいられない。

菜乃花に窘められる朋久に向かって、有斗が〝ベーッ〟と舌を出してきた。

（生意気な奴め……！）

朋久は菜乃花の愛情がたっぷり詰まったオムライスをスプーンで口の中へかき込んでいく。

それを見た有斗も、負けるもんかとスプーンを握った。まるで早食い競争の様相だ。

「ちょっとふたりとも、そんなに急いで食べたら消化不良になっちゃうから。もっとゆっくり食べて」

菜乃花の助言にも耳を貸さず、ふたりはほぼ同時に皿を空っぽにした。

これからの五日間を有斗とどう過ごすか。——いや、菜乃花とふたりきりになる時間をどう作るか。

じっくり考えようと食後にリビングのソファに座っていると、有斗がバッグをごそごそと漁《あさ》り、なにやら手にしてやってきた。

「朋兄、俺と勝負しようぜ」

手にしていたのは今流行のゲーム機だった。

「よし、受けて立ってやる」

勝負を挑まれて受けないわけにはいかない。

有斗は慣れた様子でテレビとゲーム機を繋げ、ソフトを立ち上げた。どうやら対戦アクションゲームのようだ。

「朋兄、これやったことある？」

「ゲームは子どものとき以来だ」

「なんだ、じゃあチョロイな」

つくづく生意気な小学生だ。それとも今時の小学生はこういうものなのか。

「今の言葉、忘れるなよ」

ふふんと鼻を鳴らす有斗を軽く睨み返した。

これでも小学生の頃はゲームにはまっていた時期がある。格闘系ならお任せ、朋久に敵う友達は誰ひとりいなかった。

「好きなキャラを選んで。俺はこれ一択だけどね」

有斗が、いかにも強そうな体格のいい男を選ぶ。朋久も画面いっぱいに並んだ中から使い勝手のよさそうなキャラをチョイス。早速ゲームがはじまった。

ところが久しぶりのため、勘を取り戻すのに四苦八苦。コントローラーの形状が昔とは違うせいもあるだろう。指が滑って、うまい具合に技を繰り出せない。

悔しいことに第一戦、第二戦ともに有斗にこてんぱんにやられた。

「なーんだ、朋兄、弱いじゃんか」

ふふんと鼻を鳴らし、有斗が不敵に笑う。

「今のはちょっとした小手調べだ」

全然参ってないと冷静に返しつつ、闘争心に火がついた。

(小学生相手に負けてたまるか)

見苦しいのは承知のうえ。勝負事で負けるのは職業柄も性格上も納得できない。是が非でも勝ってやると闘志を燃やす。

そうこうしているうちに徐々に感覚を取り戻していく。三戦、四戦と続けていくうちに、ようやく勝ちをもぎ取った。辛勝だったが、続く戦いは圧勝だった。

「どうだ、参ったか」

得意げに拳を振り上げると、有斗は不満そうに睨んできた。

「大人のくせに子ども相手に本気になるなんてカッコ悪い」

最後の言葉は聞き捨てならない。

「いいか、よく覚えておけ。勝負に大人も子どももない。手を抜いた俺に勝ってうれしいか？」

「……うれしくないけど」

唇を尖らせつつ否定する。

「だろう？　男だったら勝負は真剣に臨め。そうじゃないと好きな女の子も手に入れられないぞ」

朋久自身、菜乃花に対しては遅れを取ったため、痛烈に感じていることである。勝負とは違うが、もっと早く自分の気持ちに気づいていれば菜乃花と共有する時間をたくさん持てたのにという後悔だ。

「ヘイヘイ」

「こら、真面目に聞け」

適当に聞き流す有斗の額を指先でツンと弾いていると、夕食の後片づけを終えた菜乃花がエプロンを外しながらリビングへやってきた。

「ふたりとも、お風呂に入ったらどう？」

「じゃあ、菜乃花、俺と一緒に入ろうぜ」

「おまっ、なに言ってんだ」

調子に乗る有斗を腕で羽交い絞めにする。それは反射的だった。考えるより早く、体が動いた感じだ。離婚の催促といい、悪ふざけが過ぎる。

「――なっ、なにすんだよ、離せっ」

「ちょっと朋くん、離してあげて」

手足をバタバタさせる有斗を見て、菜乃花が慌てて止めに入った。

菜乃花と一緒に風呂など許せるものか。三歳児ならまだしも、有斗は小学四年生。女性の体に興味を示してもおかしくない年齢だ。

とはいえ、いつまでも拘束しているわけにもいかず、菜乃花に免じて解放し、腕を引き上げて立たせた。

「ほら、行くぞ、有斗」

「なんで朋兄となんだよ」

「つべこべ言わずに来い。俺の背中を洗わせてやる」

「なんだよそれー。俺は菜乃花の背中を流すんだー!」

じたばたする有斗の首根っこを捕まえ、バスルームに連れ立った。

順番にシャワーを使い、広いバスタブに並んで浸かる。

(……なんで俺は、男同士で風呂に入ってるんだ)

本当なら菜乃花とふたりで入っているはずだったのにと、つくづく恨めしい。

白く煙るバスルームには人気アニメの主題歌か、有斗の調子はずれの歌声が響いていた。上機嫌だ。

「なぁ朋兄、菜乃花っておっぱい大きいだろ」

「なっ、お前、どこ見てんだよ」

思わず手が出そうになったが、ぐっと耐える。しかし湯船の中では、拳を震わせていた。

「痩せてるのにおっきいよな。それにかわいいし。朋兄、マジで離婚してくんない？俺が結婚する」

「……有斗、ふざけるのもたいがいにしろよ」

一度ならず二度までも離婚を迫るとはいい度胸だ。鬼気迫る目をして有斗を睨んだ。

「冗談だよ、冗談」

さすがに朋久の怒りを感じたのだろう。有斗は「ごめんごめん」と大慌てで謝った。

ようやく寝室へやってきた朋久は、菜乃花とベッドに腰を下ろして深く息を吐き出した。子どもがひとりいるだけで疲労感が半端ではない。

それもこれも、有斗が『ひとりじゃ眠れない』『菜乃花と一緒がいい』と、またもや悪乗りしたせいである。菜乃花まで『朋くん、三人で寝ようか』と言いだしたときには絶望感に包まれた。この世の終わりと言ってもいい。

準備したゲストルームになんとか追い立てたものの、ひと仕事を終えたような感覚だった。

（やっとふたりきりだ……）

明かりを消したベッドで菜乃花を引き寄せる。彼女を組み敷き、やわらかな唇に自分のそれを押しあてた。

この二週間仕事が忙しくて触れ合えなかったため、至福の感触が朋久を高ぶらせる。どれほどこの瞬間を待ちわびたことか。これを楽しみにしてきたといっても過言ではない。

ところが彼女の口腔内を舌で堪能しながら、パジャマの裾から忍ばせた手は彼女によって阻まれた。

「朋くん、ダメ」

「……ダメ？　なんで」

思いがけず止められ、不満が声に表れる。意味がわからない。

菜乃花も、その先に進む準備はしっかりできているはずだ。彼女からこぼれた甘い吐息は聞き漏らしていない。

「有斗くんが近くにいるから」

「近くっていったって部屋はべつだ」

「だけど声が聞こえたら……」

菜乃花の目に恥ずかしさが滲む。

このマンションはそんな安い造りではないが、もしも万が一、有斗がふたりの寝室のドアで耳を澄ませていたら……と考えるとたしかに心配な部分がある。

（アイツならやりかねない）

しかしそれ以上に、朋久の〝体〟のほうが何十倍も心配だ。なにしろこの二週間、菜乃花と〝して〟いないのだから。

「大丈夫だ、俺がキスで塞ぐ」

「ずっとそうはしていられないでしょう？　だから今夜はここまで。ごめんね、朋くん」

今日は厄日だろう。きっとそうに違いない。

高まりつつあった体の熱が、無情にも行き場を失う。菜乃花にそう言われれば無理強いはしたくない。

悶々《もんもん》と過ごす夜の長さに打ちひしがれながら、朋久は朝を迎えた。

それから有斗が滞在している間、ずっとそんな夜の繰り返しだった。やたらと菜乃花にべったりの有斗と、それを許容する彼女。せっかく仕事がひと段落して早く帰宅できるというのに、キスすらろくにさせてもらえない。

そんな五日間が過ぎ、ようやく迎えが来たときには、百合亜が女神に見えた。後光が差し、神々《こうごう》しいくらいに。

「朋久もなっちゃんも、迷惑をかけてごめんね」

〝あぁ本当に〟と心で呟きながら、ようやくふたりきりになれる期待に胸が膨らむ。甥っ子の有斗がかわいくないわけではない。生意気な発言はするが、素直だし聡明さを感じさせるところもある。

ただ、菜乃花との時間を取れなかったのが不満なだけだ。禁欲がつらかっただけ。

「菜乃花、またなー。朋兄、またゲームで勝負しようぜ」

「それまでにもっと上手になっておけよ」

呑気に手を振る有斗に、朋久もクールな微笑みで手を振り返した。

玄関のドアが閉まり、待ちに待った菜乃花との時間がはじまる。

「菜乃」

自分でも驚くほど切ない声で名前を呼び、菜乃花を抱き寄せる。すぐに唇を重ねたが、菜乃花に胸を押し返された。

「朋くん、ちょっと待って。キッチンを片づけなくちゃ」

「そんなのあとでいい。俺がやるから」

それよりも菜乃花が欲しい。今すぐに。

「えっ、ちょっ」

戸惑う菜乃花を抱き上げ、寝室のベッドにそっと下ろした。

「お風呂もまだなのに」

「あとでゆっくり一緒に入ろう。俺がどれだけ焦れていたか知らないとは言わせない」

組み伏せた菜乃花が目を瞬かせる。

わかっていないのだとしたら、わからせるだけだ。

「有斗がいる間、菜乃花に触れられなくておかしくなるかと思った」

「朋くん、大袈裟」

「大袈裟なもんか」

どんどん募るフラストレーションは、いつ爆発してもおかしくない状態だった。

「だけど私、有斗くんがいて楽しかったよ。子どもがいる家庭って、こんな感じなんだって」

菜乃花の微笑みは慈愛に満ちていた。

有斗に対する菜乃花の対応は、まさに聖母のようだった。慈《いつく》しみ深い眼差しで接し、可憐なのにすべてを包み込むような大きな愛を感じさせた。

そんなふたりの様子を微笑ましく思う場面は、たしかに何度もあった。

子どもができたら、きっと菜乃花は素敵な母親になるだろう。

有斗との仲睦まじさに子どもじみた嫉妬を覚えながらも、そう思ったものだ。

「それじゃ、俺たちも子どもを作ろうか」

菜乃花の顔がにわかに華やぐ。

彼女の年齢的に子どもはもう少し先でいいと避妊してきたが、そろそろ考えてもいい頃かもしれない。

「うん」

うれしそうに頷く菜乃花に軽いキスを落とす。

「そのためには毎晩、菜乃花を抱くから覚悟しろよ?」

いい口実ができた。三週間近く触れられなかったため、菜乃花の艶やかな素肌が恋しくてたまらない。

「毎晩？」

目を丸くする菜乃花に深く頷く。

「でも排卵日を狙って禁欲しなくちゃいけないいんじゃないのかな」

痛いところを突くものだ。

「まぁそう言うな」

鼻を擦り合わせて笑い合う。

「でも朋くんにそこまで求められるのはうれしい」

「俺はいつだって菜乃を求めてるよ。菜乃さえよければ、本気で毎晩抱きたい」

いくらそうしても足りないくらい、菜乃花に飢えている。

もっともっとと、日を追うごとに大きくなる愛には自分でも驚くほど。

「私はいいよ」

恥ずかしそうにする仕草がたまらない。

「じゃ、遠慮なく。……愛してるよ、菜乃」

「私も」

改めて愛を確かめ合い、キスで証明していく想い。
この先の未来も、彼女の手を決して離したりはしない。
はじまったばかりのふたりの時間は、長い夜に甘く溶けていった。

半年後――。
待ちに待ったうれしい知らせが、幸せなふたりのもとに舞い込んだ。

END

あとがき

こんにちは、紅カオルです。このたびは本書籍をお手に取ってくださり誠にありがとうございます。最後まで楽しんでいただけたでしょうか。

『立花課長は今日も不機嫌』でデビューさせていただいてから、電子書籍も合わせると本作でちょうど五十作目。記念すべき節目をベリーズ文庫で飾れたことに心から感謝いたします。


このあとがきを書いている今、十二月とは思えないぽかぽかの太陽に眠りの世界へ連れ去られそうになっています。この本が発売になる二月は本編ともちょうど重なる季節。バレンタイン、ホワイトデーと楽しい行事が控えており、朋久と菜乃花のように甘い時間を過ごす方もたくさんいらっしゃるでしょうね。

そういったイベントからすっかり遠ざかっていますが、今シーズンは高校生以来のスイーツ作りでもしようかと、菜乃花を書いていてちょっとだけ思いました（あくまでもちょっぴり）。

弁護士ヒーローは今回で三作目。法律関係の資料というだけで小難しく、つい避けがちになる職種ですが、機会があればまた書いてみたいです。

幼馴染みものは読むのも書くのも大好きなので、それもまたどこかで書けたらいいなと思っています。


最後になりますが、今回もたくさんの方のご尽力により本作が完成いたしました。いつも本当にありがとうございます。

憧れの天路ゆうつづ先生にカバーイラストを描いていただけたのは、なによりのご褒美です。

私がそうであるように、本作がどうか、みなさまにも大切な一冊になりますように。

またこのような機会を通してお会いできるのを楽しみにしております。

紅《くれない》カオル

紅カオル先生への
ファンレターのあて先

〒104-0031
東京都中央区京橋1-3-1
八重洲口大栄ビル7F
スターツ出版株式会社　書籍編集部　気付

紅カオル先生

本書へのご意見をお聞かせください

お買い上げいただき、ありがとうございます。
今後の編集の参考にさせていただきますので、
アンケートにお答えいただければ幸いです。

下記URLまたはQRコードから
アンケートページへお入りください。
https://www.berrys-cafe.jp/static/etc/bb

ベリーズ文庫

S系敏腕弁護士は、
偽装妻と熱情を交わし合う

2022年2月10日　初版第1刷発行

著　者　紅カオル

発行人　菊地修一
デザイン　hive & co.,ltd.
校　正　株式会社　文字工房燦光
編集協力　妹尾香雪
編　集　須藤典子
発行所　スターツ出版株式会社
〒104-0031
東京都中央区京橋1-3-1　八重洲口大栄ビル7F
TEL　出版マーケティンググループ　03-6202-0386
(ご注文等に関するお問い合わせ)
URL　https://starts-pub.jp/
印刷所　大日本印刷株式会社

Printed in Japan

ISBN 978-4-8137-1217-6　C0193

ベリーズ文庫 2022年2月発売

『身代わり花嫁は若き帝王の愛を孕む～政略夫婦の淫らにとろける懐妊譚～』 伊月《いづき》ジュイ・著

由緒ある呉服屋の次女・椿。姉が財界の帝王の異名を持つ京蕗と政略結婚をする予定だったが蒸発。家のため、身代わりとして子供を産むことを申し出た。2人は愛を確かめぬまま体を重ねるが、椿は京蕗が熱く求めてくる様に溺れてしまい…。跡継ぎ目的のはずが、京蕗は本物の愛を見せ始めて!?

ISBN 978-4-8137-1214-5／定価726円（本体660円＋税10%）

『凄腕パイロットの極上愛で懐妊いたしました～臆病な彼女を溶かす溺愛初夜～』 花木《はなき》きな・著

グランドスタッフとして働く恋愛不器用女子の菜乃。ある日、旅行で訪れた沖縄でパイロットの椎名と出会い、思わず心の傷を共有した2人は急接近！菜乃は椎名の熱い眼差しにとろけてしまい…。その後、菜乃の妊娠が発覚。椎名はお腹の子まるごと独占欲を滾らせて…!?

ISBN 978-4-8137-1215-2／定価715円（本体650円＋税10%）

『一晩だけあなたを私にください～エリート御曹司と秘密の切愛懐妊～』 滝井《たきい》みらん・著

田舎の中小企業の社長令嬢である雪乃は都内で働くも、かねてからの許嫁と政略結婚を強いられ、ついに結納の時が来てしまう。相手は昔、雪乃を傷つけようとした卑劣な男。初めてはせめて愛する人に捧げたいと思った雪乃は、想い人である同期で御曹司の怜に、抱いてほしいと告げ、熱情一夜を過ごし…!?

ISBN 978-4-8137-1216-9／定価726円（本体660円＋税10%）

『S系敏腕弁護士は、偽装妻と熱情を交わし合う』 紅《くれない》カオル・著

両親を早くに亡くした菜乃花は、幼馴染で8歳年上のエリート弁護士・京極と同居中。長年兄妹のような関係だったが、ひょんなことから京極の独占欲に火がついてしまい…!?　京極は自身の縁談を破談にするため、菜乃花に妻のフリを依頼。かりそめ夫婦のはずが、京極は大人の色気たっぷりに迫ってきて…。

ISBN 978-4-8137-1217-6／定価726円（本体660円＋税10%）

『エリート心臓外科医の囲われ花嫁～今宵も独占愛で乱される～』 皐月《さつき》なおみ・著

伯父一家の養女として暮らす千春は、患っていた心臓病を外科医の清司郎に治してもらう。退院したある日、伯父に無理やりお見合いさせられそうなところを彼に助けてもらうが、彼にもある理由から結婚を迫られ…！　愛のない夫婦生活が始まるはずが、清司郎から甘さを孕んだ独占欲を注がれて!?

ISBN 978-4-8137-1218-3／定価726円（本体660円＋税10%）

ベリーズ文庫 2022年2月発売

『【ベリーズ文庫溺愛アンソロジー】極上の結婚1～弁護士&御曹司編～』

ベリーズ文庫の人気作家がお届けする、「ハイスペック男子とのラグジュアリーな結婚」をテーマにした溺甘アンソロジー！　第一弾は、「佐倉伊織×敏腕弁護士」、「櫻御ゆあ×シークレットベビー」の2作品を収録。

ISBN 978-4-8137-1219-0／定価737円（本体670円＋税10%）

『転生うさぎ獣人ですが、天敵ライオン王子の溺愛はお断りします！～肉食系王太子にいろんな意味で食べられそうです～』 瑞希《みずき》ちこ・著

気弱なうさぎ獣人のリーズは、ライオンに襲われた前世の記憶を持つ。ある日王国の王子で黒ライオン獣人のレオンが村を訪れると、リーズをひと目見るなり「結婚してほしい」――猛烈アプローチを開始して…!?　肉食動物よろしくグイグイ迫ってくるレオンに、ライオンがトラウマなリーズは卒倒寸前で…涙

ISBN 978-4-8137-1220-6／定価715円（本体650円＋税10%）

ベリーズ文庫 2022年3月発売予定

Now Printing

『センチメンタル・プロポーズ～幼なじみ外科医と期間限定契約婚～』 宇佐木《うさぎ》・著

医師の父親をもつ澪は、ある日お見合いをさせられそうになる。大病院の御曹司で、片想いしていた幼なじみ・文尚にそれを伝えると、「じゃあ、俺と結婚する？」と言われ契約結婚することに！　愛のない関係だと自分に言い聞かせながらも、喜びを隠せない澪。一方、文尚も健気でウブな澪に惹かれていき…。

ISBN 978-4-8137-1231-2／予価660円（本体600円＋税10%）

Now Printing

『冷徹弁護士、パパになる～甘くとろける再会婚～』 宝月《ほうづき》なごみ・著

スクールカウンセラーの芽衣は、婚活パーティで弁護士の至と出会い恋に落ちる。やがて妊娠するも、至に伝える直前に彼の母親から別れを強要され、彼の前から消えることを選ぶ。1人で子を産み育てていたある日、至と偶然再会し…！　空白の時間を埋めるように、彼から子供ごと一途な愛で抱かれて!?

ISBN 978-4-8137-1232-9／予価660円（本体600円＋税10%）

Now Printing

『深愛　敏腕ドクターは妻と子に惜しみない愛を注ぐ』 佐倉《さくら》伊織《いおり》・著

幼少期の事故で背中に大きな傷跡がある心春は、職場の常連客であり外科医の天沢に告白される。長年悩んでいた傷跡も受け入れてくれた彼と幸せな日々を過ごしていたが、傷跡に隠されたある秘密を知ってしまう。天沢は自分を愛しているわけではないと悟り彼の元を去るも、お腹には彼の子を宿していて…!?

ISBN 978-4-8137-1233-6／予価660円（本体600円＋税10%）

Now Printing

『溺愛過多～因縁の御曹司による求婚前提猛アプローチ～』 水守《みずもり》恵蓮《えれん》・著

製薬会社で働く茉帆は、新社長・九重の秘書に任命される。彼の顔を見た茉帆は愕然。「私を抱いてください」――九重は、茉帆が大学時代に自ら抱いてほしいと頼み込んだ相手だった！　彼が覚えていないことを祈るも「気付いていないとでも思った？」願いは届かず、なぜか茉帆に溺愛猛攻を仕掛けてきて…!?

ISBN 978-4-8137-1234-3／予価660円（本体600円＋税10%）

Now Printing

『エリートパイロットの純然たる溺愛』 きたみまゆ・著

航空管制官として空港で働く里帆は、彼氏に浮気され失意のままフランスへ旅行へ行く。ひったくりに遭いそうになったところを助けてもらったことをきっかけに、とある男性と情熱的な一夜を過ごす。連絡先を告げずに日常生活へと戻った里帆だったが、なんと後日彼がパイロットとして目の前に現れて…!?

ISBN 978-4-8137-1235-0／予価660円（本体600円＋税10%）

タイトル、価格等は変更になることがございますのでご了承ください。

ベリーズ文庫 2022年3月発売予定

Now Printing

『極上の結婚アンソロジー2』

ベリーズ文庫の人気作家がお届けする、「ハイスペック男子とのラグジュアリーな結婚」をテーマにした溺甘アンソロジー！　第二弾は、「田崎くるみ×若旦那と契約結婚」、「葉月りゅう×CEOと熱情一夜」の2作品を収録。

ISBN 978-4-8137-1236-7／予価660円（本体600円＋税10%）

Now Printing

『8度目の人生、嫌われていたはずの王太子殿下の溺愛ルートにはまりました2』　坂野《さかの》真夢《まむ》・著

ループから抜け出し、8度目の人生を歩みだしたフィオナ。王太子・オスニエルの正妃となり、やがてかわいい男女の双子を出産！　ますます愛を深めるふたりだったが、それをよく思わない国王からオスニエルのもとに側妃候補である謎の美女が送り込まれて!?　独占欲強めな王太子の溺愛が加速する第2巻！

ISBN 978-4-8137-1237-4／予価660円（本体600円＋税10%）

タイトル、価格等は変更になることがございますのでご了承ください。